PROF

Collection dirigé

LES FLEURS DU MAL

BAUDELAIRE

Analyse critique

Nouvelle édition

Georges BONNEVILLE,
Agrégé des Lettres

HATIER

Sommaire

ISBN 2-218-01819-5

1 Situation des *Fleurs du Mal*

QUELQUES DATES

1821 (9 avril) Naissance à Paris de Charles Baudelaire. Son père a 62 ans, sa mère 27.

1827 Mort de son père.

1828 Remariage de sa mère avec le commandant Aupick (1789-1857).

1839 Renvoi du collège Louis-le-Grand, à Paris. Succès au baccalauréat.

1841 (juin) Départ pour l'île Bourbon. Retour en février 1842.

1842 Baudelaire rencontre Jeanne Duval. Majeur, il réclame son héritage.

1847 Baudelaire fait sa cour à l'actrice Marie Daubrun.

1848 Il prend part aux émeutes de février. Proclamation de la République.

1851 (2 décembre) Coup d'État de Louis-Napoléon Bonaparte. Début du Second Empire.

1852 Rupture (provisoire) avec Jeanne Duval. Début de la liaison avec Marie Daubrun. Envoi à Madame Sabatier de poèmes anonymes.
Leconte de Lisle, *Poèmes antiques.*

1854 Baudelaire entreprend la traduction des *Histoires extraordinaires* d'Edgar Poe, qui se poursuivra jusqu'en 1857.

1856 Victor Hugo, *les Contemplations.*

1857 Baudelaire avoue à Madame Sabatier être l'auteur des poèmes anonymes.
Mort du général Aupick. Mme Aupick se retire à Honfleur.
Édition (25 juin) et condamnation (20 août) des *Fleurs du Mal.*

1860 Concerts wagnériens à Paris.

1861 Baudelaire découvre la trahison de Jeanne Duval.
Il écrit *Richard Wagner* et *Tannhäuser.*

1866 Attaque de paralysie à Namur ; Baudelaire est transporté à Bruxelles, puis à Paris.
Verlaine, *Poèmes saturniens.*

1867 (31 août) Mort de Baudelaire à l'âge de 46 ans.

1868 Édition posthume des *Fleurs du Mal.*

1917 *Les Fleurs du Mal* entrent dans le domaine public : plus de droits réservés, on peut les éditer librement.

1949 (31 mai) Baudelaire légalement réhabilité par un arrêt de la Cour de Cassation.

QUELQUES PROBLÈMES

L'histoire littéraire nous incite parfois à considérer le romantisme, puis le Parnasse, puis le symbolisme (qui serait lui-même issu des *Fleurs du Mal*) comme des mouvements qui se seraient succédé dans le temps. En fait, comme le montre notre tableau chronologique, *Les Fleurs du Mal* se situent entre *les Contemplations* et *la Légende des Siècles*, entre les *Poèmes antiques* et les *Poèmes barbares.* D'une certaine façon, Baudelaire est le contemporain du romantique Victor Hugo et du parnassien Leconte de Lisle.

Mais les grands problèmes ne sont pas d'ordre chronologique. Ils sont inhérents à la vie même du poète.

Une hérédité chargée

Baudelaire est né d'un père de 62 ans qui, circonstance aggravante, prolonge lui-même une longue série d'enfants de vieux. Il mourra d'une affection cérébrale, six ans après la naissance de Charles. Sa mère n'a que 27 ans, mais c'est de son côté surtout que l'on trouve des tares : elle mourra aphasique et le demi-frère du poète sera atteint d'hémiplégie, comme le sera le poète lui-même. Et dans son cas un accident vénérien, survenu dès la jeunesse, a lourdement aggravé les menaces de l'hérédité.

Le complexe de Hamlet

On ne peut parler, dans le cas de Baudelaire, de complexe d'Œdipe. Il se montrera au contraire plein de respect et d'admiration pour un père qu'il n'a connu que dans les six premières années de sa vie. Mais il ne pardonnera jamais à sa mère son remariage. Comme le Hamlet de Shakespeare, il demande des comptes à sa mère, l'accuse de disperser allègrement les souvenirs de son premier mari. Et la haine du beau-père ira croissant. La frustration éprouvée par l'enfant lors du remariage de sa mère était, en somme, assez naturelle, et il n'est point nécessaire de faire du commandant Aupick une sorte de monstre. Officier austère, et à coup sûr arriviste, il eût souhaité pour son beau-fils une vie rangée et une carrière « honorable ». Cela ne partait pas de mauvais sentiments. C'était l'homme le plus incapable de soupçonner le génie chez un enfant difficile, dont il avait le tort d'être le beau-père. Le futur poète apprendra à haïr à travers lui toutes les vertus bourgeoises. Tout ce qu'il aima dans sa vie : sa mère, la poésie, un monde délivré de contingences, le rêve, trouva en Aupick un obstacle.

Baudelaire en 1848

La timidité naturelle du jeune poète ne fit qu'exaspérer sa révolte. Elle est à son comble au retour du voyage à l'île Bourbon, imposé pour lui changer les idées. Il se donne des attitudes provocantes, fréquente des prostituées de bas étage. Sans aller jusqu'à prétendre, comme Sartre, qu'il attrape la syphilis exprès pour ennuyer son beau-père, il est certain qu'en 1844 sa révolte se manifeste sur tous les plans. La famille riposte en lui imposant un conseil juridique afin de lui retirer la libre disposition de sa fortune. D'une légalité contestable (Baudelaire n'était plus mineur, et il n'était pas fou !) cette mesure avait quelque chose d'infamant.

Ne nous étonnons pas qu'au cours des journées révolutionnaires de 1848 on le voie du côté des insurgés. « Qu'attendez-vous pour fusiller le général Aupick ? » leur crie-t-il. Voilà qui eût donné tout son sens à l'insurrection ! On peut certes se demander quelles raisons ont conduit Baudelaire sur les barricades. Il avait parmi les insurgés quelques amis personnels. Mais s'il conçoit pour la monarchie de Juillet une telle haine, c'est que les valeurs bourgeoises qu'elle incarne s'identifiaient pour lui de façon parfaite avec ce beau-père qui a précisément pour métier de les défendre.

Il ne s'agit pas là d'un engouement passager. L'idéologie dominante et ses composantes (culte de l'argent, foi dans le progrès), Baudelaire ne cessera sa vie durant de les haïr, mais pour étayer sa haine il empruntera par la suite ses arguments autant et plus à la droite réactionnaire qu'à ses amis républicains de 1848. Il y a chez lui un non-conformiste et un protestataire pour qui le mouvement même de la révolte importe plus que les motifs qui la fondent et les complicités qu'elle implique. Le goût de la provocation, le désir de choquer atteignent chez lui une rare puissance et quand il évoque « le plaisir aristocratique de déplaire », sous le révolutionnaire de 1848 on voit sans peine poindre le dandy[1].

Lors du coup d'État du 2 décembre 1851, Baudelaire s'est révélé violemment antibonapartiste et l'est resté.

Cette haine de Napoléon III, qu'il partage en somme avec Flaubert et avec Hugo (plutôt sans doute dans le style de Flaubert que dans celui de Hugo), éclate dans cette phrase de *Mon cœur mis à nu* : « En somme, devant l'histoire et devant le peuple français, la grande gloire de Napoléon III aura été de prouver que le premier venu peut, en s'emparant du télégraphe et de l'Imprimerie Nationale, gouverner une grande nation. » Ce propos a de l'allure. Il a même, pour

1. Sur le dandysme de Baudelaire, voir ci-dessous «l'univers esthétique », pp. 40-50 et notamment p. 44.

nous, des accents prophétiques. Mais à y regader de près, il pourrait être signé par un légitimiste autant que par un républicain.

Ce n'est pas le procès des *Fleurs du Mal* qui va réconcilier Baudelaire avec le Second Empire (voir ci-dessous, p. 15).

Femmes

Faut-il voir provocation, paradoxe ou sincérité dans les conseils de Baudelaire aux jeunes littérateurs ? A ceux qui s'engagent dans cette carrière, trois types de femmes sont formellement déconseillés : 1° la « femme honnête », 2° le bas bleu, 3° l'actrice. Seules restent possibles, pour le jeune écrivain : 1° les filles, 2° les femmes bêtes. A l'évidence, l'auteur de ces préceptes ne les a suivis que très partiellement. La femme apparaît dans *les Fleurs du Mal* sous des aspects fort divers, mais en aucun cas sa présence ne saurait se réduire à cette désinvolture et à ce mépris. On peut même déceler chez Baudelaire une sorte de féminité diffuse, qui n'implique pas nécessairement l'évocation directe de la femme. Certains symboles — hautement féminins — apparaissent avec insistance, comme celui du chat (voir les deux poèmes intitulés *le Chat* et le plus célèbre, *les Chats*). Comme la femme, le chat est sensuel, il a son secret, il a des « prunelles mystiques »... Mais en fait, quelle que soit la part de cette féminité diffuse, la présence de la femme dans *les Fleurs du Mal* est liée à des inspiratrices qu'il a été possible d'identifier dans la vie du poète.

Jeanne Duval était une mulâtresse, figurante dans un petit théâtre, lorsqu'elle entra dans la vie de Baudelaire, alors âgé de vingt ans. Elle n'en sortit point. Avec ses cheveux très noirs, ses grands yeux bruns, ses lèvres épaisses, ses seins provocants, sa démarche souple, la « Vénus noire » a exercé sur les sens de Baudelaire un pouvoir tyrannique. Sur le plan intellectuel, elle était sotte, probablement illettrée, en tout cas d'une inculture totale. Elle était d'une moralité douteuse, trompant Baudelaire sans vergogne, cherchant surtout à obtenir de lui de l'argent, incapable de reconnaissance, s'adonnant en outre à l'ivrognerie. Elle représentait le bel animal, à la fois coupable et irrésistible. Plusieurs fois, Baudelaire chercha à rompre, puis reprit sa liaison. Malade, infirme après 1856, elle cesse bientôt d'être désirable, mais le poète continue à veiller sur elle. Elle lui survivra de quelques années.

Madame Sabatier (1822-1889) représente l'autre pôle de l'affectivité de Baudelaire. Elle tenait salon et c'est ainsi que le poète la rencontra, parmi d'autres confrères. Elle ne manquait pas de distinction intellectuelle, ni de charme physique. Un peu plantureuse, elle était d'un naturel facile et bon, assez libre de mœurs, richement entretenue par un banquier. Baudelaire lui voua un véritable culte et lui adressa pendant longtemps des poèmes anonymes (qui figurent dans *les Fleurs du Mal*). Le jeu se prolongea lorsque plusieurs parurent (signés !) dans *la Revue des deux-mondes* en juin 1855.

Ce jeu subtil semble avoir tour à tour intrigué, attendri, embarrassé Madame Sabatier. Quant à Baudelaire, il n'a voulu voir en elle que « l'Ange gardien, la Muse et la Madone » (voir le sonnet XLII, *« Que diras-tu ce soir ? »*) et l'idole ne devait pas descendre des hauteurs éthérées où lui-même l'avait placée.

Entre l'animalité pure et l'adoration mystique, Marie Daubrun (1828-1901) occupe une place plus difficile à définir, et d'ailleurs découverte plus tardivement par les érudits. Cette femme aux yeux verts fut une actrice d'un rang honorable. Elle fut, publiquement, la maîtresse du poète Théodore de Banville et, entre 1854 et 1863, au moins par intervalles, elle eut aussi Baudelaire pour amant. Elle représenta, pour lui, une sorte de tendresse et de ferveur.

Ajoutons, pour être complet, que d'autres présences féminines, plus fugitives, sont décelables dans l'œuvre. Elles sont souvent difficiles à identifier.

La mère du poète

La mère de Baudelaire occupe une place à part. Nous avons vu le rôle qu'elle a tenu dans son enfance et l'effet de rupture produit par la « trahison » de son remariage. Par la suite, les rapports du poète avec sa mère sont restés difficiles. En fait, elle eût voulu orienter la vie de son fils selon les vues du général Aupick et elle l'accable de ses reproches et de ses conseils. Le drame est qu'il ne peut ni l'approuver ni la haïr comme son beau-père. Le vrai grief qu'il aurait pu lui faire, c'est de ne jamais le considérer comme un adulte, et c'est le seul qu'il ne lui fasse pas, tant il est vrai qu'il se comporte avec elle comme un enfant.

« Vous n'avez donc pas remarqué, lui écrit-il, qu'il y avait dans *les Fleurs du Mal* deux pièces vous concernant, ou du moins allusionnelles à des détails intimes de notre ancienne vie... » (il s'agit des poèmes XCIX, « *Je n'ai pas oublié, voisine de la ville...* » et du suivant « *La servante au grand cœur dont vous étiez jalouse...* »).

Le reproche est doublement grave : elle ne reconnaît pas ce qui pour elle devrait avoir une valeur sacrée et, d'une façon générale, elle ne comprend pas l'œuvre de son génial enfant. De là aux blasphèmes de *Bénédiction*, le pas est vite franchi : lorsqu'un décret divin a choisi une femme pour donner le jour à un poète, on s'en réjouit dans le Ciel (autrement dit : il s'agit, en soi, d'un événement heureux), mais la mère maudit le fruit de ses entrailles — parce qu'un enfant marqué de la sorte cesse à jamais de lui appartenir.

Goûts littéraires

Il serait non moins important de préciser quels poètes ont formé le goût de Baudelaire, avec quels esprits il s'est senti en sympathie (et en antipathie tout aussi bien).

L'élève du collège Louis-le-Grand a reçu une solide culture latine. Il eut même la récompense, tout indiscipliné qu'il fût, d'un deuxième prix de vers latins et d'un sixième accessit de version latine au concours général de 1837. Mais aux auteurs « purement classiques », comme Cicéron[1] et Virgile[2], il préfère le ton plus affecté et le style plus heurté de Sénèque, de Pétrone et de Lucain[3]. Il en va des œuvres

1. Cicéron (106-43 av. J.-C.), homme politique, orateur et philosophe latin. Ses discours et ses traités sont écrits dans une langue qui aujourd'hui encore passe pour un modèle d'élégance et d'équilibre.

2. Virgile (70-19 av. J.-C.), le plus grand des poètes latins, a exalté la gloire de Rome dans l'épopée de l'*Énéide* et vanté le retour à une vie simple dans les *Bucoliques* et les *Géorgiques*.

3. Sénèque, né en 4 av. J.-C., fut un écrivain et un philosophe latin, de tendance stoïcienne. Pétrone est l'auteur du *Satiricon*. Lucain, né en 39 de notre ère, a écrit le poème *la Pharsale*. Ces trois écrivains, compromis dans la conjuration de Pison, ont été contraints par Néron à se suicider en l'an 65 de notre ère.

comme des femmes. Baudelaire les aime parées plutôt que dans leurs grâces naturelles et les choisit volontiers dans la maturité un peu déclinante d'une civilisation.

Si Baudelaire a aimé ceux qu'on peut aisément appeler les baroques du monde antique, ne nous étonnons pas qu'aux grands classiques du XVIIe siècle il ait aussi préféré ceux qui furent à proprement parler des poètes baroques[1] : Agrippa d'Aubigné, Théophile de Viau, Saint-Amant. Les baroques n'ont-ils pas été les contestataires de leur temps ? A la régularité un peu froide de l'art classique, ils ont opposé la fantaisie, l'irrationnel, l'outrance, le réalisme provocant, bref, ce que Baudelaire appellera « le bizarre » et « la modernité ».

Du XVIIIe siècle français, il aime Laclos et Sade, pour en vanter un peu paradoxalement la haute moralité aux dépens de la sensiblerie de Jean-Jacques Rousseau, dont il poursuivra sans ménagements la descendance en la personne de George Sand. Il hait presque autant Voltaire, dont le rationalisme lui paraît présenter quelque analogie avec certaines formes de la pensée du XIXe siècle.

Son attitude par rapport aux contemporains nous est révélée de façon fort suggestive par son œuvre critique. Il s'est passionné pour la peinture de Delacroix[2], il a salué en Constantin Guys « le peintre de la vie moderne ». Et la modernité, en musique, ce sera pour lui Richard Wagner[3], dont il a été, en France, un des rares défenseurs. L'analyse qu'il fait en 1861 de *Tannhäuser* est un modèle à la fois

1. Art baroque (du portugais *barocco*, perle irrégulière). Fortement gêné en France par le développement du classicisme, le baroque fut le grand art européen des XVIe et XVIIIe siècles. Son influence est très sensible sur la littérature : le théâtre espagnol, celui de Shakespeare et même de Corneille (*l'Illusion comique*) en témoignent.

2. Eugène Delacroix (1798-1863), « le peintre le plus original des temps anciens et des temps modernes » (Baudelaire, *Salon de 1845*), auteur des *Massacres de Chio*, de *la Liberté guidant le peuple* et de *Dante et Virgile aux Enfers*, aimait les scènes violentes et les couleurs contrastées.

3. Le compositeur allemand Richard Wagner (1813-1883) a conçu l'opéra comme un « drame total » dont il écrivit à la fois le livret et la partition. Son œuvre (citons *les Maîtres chanteurs*, la *Tétralogie*, *Tristan et Isolde*...) est d'une originalité puissante. En entendant jouer l'ouverture de *Tannhäuser* (à Paris, en 1861), Baudelaire a compris l'opposition entre le chœur des pèlerins et l'appel des sens comme l'illustration de sa théorie sur les « deux postulations simultanées, l'une vers Dieu, l'autre vers Satan ».

d'enthousiasme et d'intelligence, en même temps qu'un document précieux sur la propre pensée de Baudelaire.

Mais la rencontre privilégiée entre toutes, ce fut celle d'Edgar Poe[1]. Il s'agit bien d'une rencontre, plutôt que d'une influence. En Poe, Baudelaire a trouvé la confirmation de ses propres souffrances et de ses convictions les plus profondes : « J'ai trouvé, s'écrie-t-il, un auteur américain qui a excité en moi une incroyable sympathie. » La solitude de cette âme éprise de beauté parmi une civilisation utilitaire, c'était la propre solitude de Baudelaire. Sa volonté d'y échapper par l'art et par les « paradis artificiels », Baudelaire la comprenait et la partageait. Cette fraternité spirituelle s'est exprimée par la destinée exceptionnelle de la traduction, faite par Baudelaire, des contes de Poe. Avec des connaissances très imparfaites de la langue anglaise, Baudelaire s'est lancé dans une entreprise qui a bravé le temps et découragé les imitateurs.

Sa vie d'écrivain

Le contraste est grand, particulièrement au moment où, en 1857, vont paraître *les Fleurs du Mal*, entre la vie matérielle de l'écrivain, précaire, menacée, misérable, et la qualité de la vie intérieure où l'œuvre prend sa source.

Cette situation contrastée apparaît dans l'œuvre. D'un côté, la création poétique, pour lui d'une valeur inestimable, la seule en tout cas qui donne un sens à sa vie, mais qui trouve peu d'écho dans le public et ne lui apporte aucun moyen d'existence. De l'autre, des œuvres de circonstance (articles, critique d'art, etc.) qu'il écrit avec plaisir parfois, par nécessité toujours, dont il espère tirer quelque argent.

Ce n'est pas à nous de nous en plaindre, puisque les « œuvres de circonstance » sont en soi d'un intérêt immense et nous apportent une foule de renseignements précieux. Mais il faut comprendre la souffrance que cette situation a comporté pour le poète : une vie consacrée à la poésie, c'était pour lui une gageure héroïque et un choix sans retour.

1. Au cours de sa vie brève et malheureuse (il est mort alcoolique), l'Américain Edgar Allan Poe (1809-1849) a écrit des poèmes pleins d'allitérations hallucinantes, des contes fantastiques qui ont renouvelé le genre et des essais sur la poésie dont on fera grand cas après sa mort. Les traductions de Baudelaire ont beaucoup contribué à sa gloire.

Histoire et structure des *Fleurs du Mal*

2

A la différence de Victor Hugo, Baudelaire n'a pas égrené sa production poétique tout au long d'une vie, en une multitude de recueils. Cela tient à des causes multiples. Son écriture est plus dense, et moins rapide. Il ne manifeste pas une hâte excessive à publier. Enfin, sa vie a été brève. Si l'on met à part les *Petits Poèmes en prose,* qui apparaissent davantage comme une autre version des *Fleurs du Mal* que comme une œuvre foncièrement et chronologiquement distincte, Baudelaire est, en tant que poète, l'homme d'un seul livre. Il a ramassé en un seul ouvrage l'expérience et l'essence de toute une vie. Ce recueil a donc, nécessairement, une longue histoire et le premier problème à considérer sera d'ordre chronologique... Mais il apparaît que l'œuvre publiée, dans ses formes successives et sous son aspect définitif, ne résulte pas d'une simple accumulation temporelle. Elle procède d'un autre mode de composition, qui révèle un souci d'ordonnance, d'architecture : problème non plus chronologique, mais logique.

HISTOIRE DES *FLEURS DU MAL*

Les avatars d'un titre

La pièce la plus ancienne des futures *Fleurs du Mal (A une dame créole,* LXI) date de 1841. Une dizaine de poèmes ont été écrits avant 1845, sans qu'apparaisse l'idée d'un recueil.

Entre 1845 et 1847, un titre provocant *(les Lesbiennes)* figure à plusieurs reprises sous une rubrique « à paraître », non suivie d'effet.

De 1848 à 1854, Baudelaire s'est arrêté sur un titre plus sérieux : *les Limbes.* Certains théologiens chrétiens entendent par là le séjour des âmes des justes qui n'ont pas été baptisés. Chez les disciples de Fourier[1], très actifs autour de 1848, ce terme désigne un lieu d'attente.

Les Fleurs du Mal (1855) : le titre définitif et son sens

Selon Asselineau, un intime de Baudelaire, le titre définitif aurait été suggéré au café Lamblin par un journaliste ami, Hippolyte Babou. Il apparaît pour la première fois en tête de dix-huit poèmes publiés dans *la Revue des deux-mondes* le 1er juin 1855.

Même si le titre de « Fleurs du Mal » a été soufflé à Baudelaire (mais sans doute dans une conversation à laquelle le poète participait, et qu'il orientait), c'était une trouvaille heureuse, remarquablement appropriée à l'œuvre et à son auteur, et d'un grand pouvoir de suggestion : assez clair pour provoquer le sens, assez vague pour ne pas en bloquer les contours. On y soupçonne aussitôt des profondeurs philosophiques, avec une note d'audace et une possibilité de scandale.

« Fleurs du Mal » : du choc des deux mots jaillit une antithèse, que la préposition assortit d'une dépendance. Le sens est donc : la beauté que l'on extrait du mal. Mais « fleurs » ne suggère pas seulement la beauté, il faut y ajouter une notion d'élaboration, de recherche, de culture. Et le « mal » signifie le péché, mais aussi la souffrance. Bien que, sur un plan philosophique, les deux termes soient liés, ils débouchent, non sans ambiguïté, sur deux séries d'images : fleurs cueillies sur un champ de souffrance ? ou complaisance envers le péché, parce qu'il est esthétiquement fécond ? Ce débat mérite un plus long développement, aussi le reprendrons-nous (voir ci-dessous, p. 48). Il s'agit pour l'instant d'explorer les promesses du titre.

1. Philosophe et sociologue français (1772-1837). Le système de Fourier, ou fouriérisme, prévoit l'association des individus dans des phalanstères, groupes harmonieusement composés en vue de procurer à chacun de leurs membres le bien-être par le travail librement consenti.

L'édition de 1857

En décembre 1856, Baudelaire traite avec Poulet-Malassis, éditeur à Alençon. Le contrat est signé le 30 décembre, le manuscrit remis le 4 février 1857. Le livre est tiré à 1 300 exemplaires, mis en vente le 25 juin. Il fut mal accueilli par la presse. *Le Figaro* se distingua à plusieurs reprises par son acharnement contre Baudelaire. Les critiques amis, comme Barbey d'Aurevilly, se virent refuser leurs articles dans la grande presse. Curieusement, ce fut dans l'organe officiel de l'Empire, *le Moniteur universel*, que parut la seule défense des *Fleurs du Mal*.

Elle n'empêcha pas le Parquet, le 16 juillet, de faire saisir l'ouvrage et d'engager des poursuites contre l'auteur et l'éditeur.

Le procès des *Fleurs du Mal*

Chargé de la défense, Me Chaix d'Est-Ange insista sur la moralité du livre. Il commenta longuement l'avis AU LECTEUR. Il affirma ensuite que ni les poètes satiriques, ni les historiens, ni les dramaturges ne sont soupçonnés de complaisance pour le mal qu'ils relatent. (C'était plus habile peut-être que conforme à la vérité des *Fleurs du Mal*.) Il fit enfin remarquer que la sévérité requise contre Baudelaire ne s'était appliquée ni à Béranger ni à Théophile Gautier, qui l'auraient méritée davantage.

Le jugement n'a pas retenu le délit d'offense à la morale religieuse. Il a retenu le délit d'offense à la morale publique et aux bonnes mœurs. Baudelaire fut condamné à 300 francs d'amende, l'éditeur à 100 francs. Ordre fut donné de supprimer six poèmes : *Les bijoux ; Le Léthé ; A celle qui est trop gaie ; Lesbos ; Femmes damnées* (le premier poème seulement) *; Les métamorphoses du vampire.* On appréciera la diversité des pièces condamnées et donc l'éclectisme des juges.

L'édition de 1861

Aux ennemis de Baudelaire la condamnation parut peu sévère. L'amende de 300 francs fut même réduite à 50. Mais le poète espérait être acquitté, comme Flaubert l'avait été six mois plus tôt lors du procès de *Madame Bovary*. La décision du tribunal le rendit furieux et hagard. Il en éprouva un sentiment d'injustice, de solitude et d'orgueil.

Le poète reste muet plus d'un an, puis il écrit d'admirables poèmes, qui paraissent dans les revues. Cependant, l'idée d'une édition suit son cours, en dépit des difficultés rencontrées : il fallait combler des vides et insérer de nouveaux poèmes dans un plan ancien. La nouvelle édition sort en février 1861 avec, par rapport à celle de 1857, six poèmes en moins (les pièces condamnées) et trente-deux pièces nouvelles. Un nouveau chapitre apparaît : celui des *Tableaux parisiens.* Cette édition fut soldée après la faillite de l'éditeur.

L'édition de 1868

En janvier 1863, Baudelaire cède à l'éditeur Hetzel le droit de publier une troisième édition augmentée des *Fleurs du Mal*, ainsi qu'un volume de poèmes en prose, *Le spleen de Paris.* Il touche immédiatement 1 200 francs de droits pour les deux ouvrages. Mais le manuscrit promis n'est pas livré...

Cette troisième édition ne se fit pas du vivant du poète. A sa mort, en 1867, son héritage fut mis aux enchères. Michel Lévy l'acquit pour 1 750 francs et chargea Banville et Asselineau d'établir le texte. Comme ce classement nouveau n'avait été que partiellement proposé par Baudelaire lui-même, la plupart des éditions modernes préfèrent s'en tenir au texte de 1861 et placer à la fin les poèmes postérieurs, ainsi que les pièces condamnées.

Le jugement de 1857 semble en effet oublié dès 1882. En fait, il ne sera révisé (et Baudelaire réhabilité) que par un arrêt de la cour de cassation du 31 mai 1949.

STRUCTURE DES *FLEURS DU MAL*

Importance du problème

Les Fleurs du Mal ne sont pas une simple addition de poèmes qui auraient pris place dans un recueil au fur et à mesure de leur composition. L'histoire des projets et des éditions successives, les remaniements qui en ont résulté (sans parler des reclassements à la suite du procès et de la condamnation de plusieurs pièces), tout nous montre que Baudelaire y a voulu un ordre et qu'il s'agissait là pour lui d'un problème très important.

Cet ordre est-il lié aux événements de sa vie ? Baudelaire est, contrairement aux grands poètes romantiques, d'une discrétion remarquable. Il ne nous livre pas de noms, même transposés. Les circonstances ne sont pas décelables comme dans le cas du *Lac* de Lamartine ou des *Nuits* de Musset. Il n'y a pas de dates au bas des poèmes, comme dans les *Contemplations* de Hugo (où il s'agissait, non de marquer le moment de la composition, mais de fixer le souvenir). Doit-on en conclure que, comme semble l'indiquer la « table des matières », le classement des *Fleurs du Mal* est purement thématique ?

Un lien profond entre l'œuvre et la vie de l'auteur

Il est évident pour le lecteur que *les Fleurs du Mal* ne sont pas un simple agencement de mots, fût-il génial. Son impression spontanée est qu'il y a, entre l'auteur et son œuvre, un rapport intime et profond. Et ce que nous savons de la vie de Baudelaire ne peut que nous confirmer dans cette voie, même si nous n'avons sur ce point aucun témoignage du poète.

Mais ce témoignage existe. Il écrit à Ancelle, le 28 février 1866 : « Faut-il vous dire à vous qui ne l'avez pas plus deviné que les autres que dans ce livre atroce, j'ai mis tout mon cœur, toute ma tendresse, toute ma religion (travestie), toute ma haine ? Il est vrai que j'écrirai le contraire, que je jurerai mes grands dieux que c'est un livre d'art pur, de singerie, de jonglerie ; et je mentirai comme un arracheur de dents. »

Cet aveu est capital, d'abord parce qu'il apporte la propre contribution du poète à une ambiguïté qui est en quelque sorte fondamentale à l'œuvre. Mais surtout parce que, ce faisant, il nous met en garde : l'affirmation d'art pur est un masque. Le lien entre la vie et l'œuvre ne saurait être mis en doute.

Certes, ce lien n'est pas de nature chronologique. *Les Fleurs du Mal* ne sont pas des mémoires, fussent-ils d'une âme, car le temps n'a rien à voir à son affaire. Et pourtant, une étude attentive montre chez lui une sensibilité très vive à l'événement. On le vérifiera là où la vie intime manifeste le mieux sa présence : dans l'inspiration amoureuse (voir notre rubrique « femmes », ch. 1, p. 8). Tous les poèmes qui ont pour origine une expérience sensuelle ou sentimentale ont été groupés de façon systématique de XXII à LXIV de SPLEEN ET IDÉAL et répartis, non selon la chronologie, mais selon les inspiratrices. On a pu ainsi déceler un cycle de Jeanne Duval [de *Parfum exotique* à *Je te donne ces vers...* (XXXIX)] ; un cycle de Madame Sabatier [de *Semper eadem* (XL) au *Flacon* (XLVIII)] ; un cycle de Marie Daubrun [du *Poison* (XLIX) au poème *A une madone* (LVII)] ; enfin le cycle des « femmes diverses », aussi nombreuses qu'il y a de poèmes, et partiellement identifiées : de *Chanson d'après-midi* (LVIII) à *Sonnet d'automne* (LXIV).

Autrement dit, l'album des femmes aimées a été constitué par Baudelaire en conformité avec sa vie personnelle. Par coquetterie ou par principe, il n'y inscrivait pas de dates. Et si, pour le lecteur, le poème devait se détacher de l'événement, le poète, lui, le rattachait toujours à un aspect authentique de son expérience vécue.

Une architecture secrète

L'œuvre donc exprime la vérité de la vie. Elle en recherche aussi l'unité : les poèmes des *Fleurs du Mal* ne sont pas conçus comme une somme d'instants. Comme cette unité n'est pas dans la continuité de la durée, il faut la trouver ailleurs.

Cela revient à dire qu'il y a un ordre dans *les Fleurs du Mal* et que cet ordre, le poète l'a en quelque sorte porté préalablement en lui... Dussions-nous avoir quelque difficulté à l'admettre, ce que nous savons de Baudelaire et de son œuvre tend à nous persuader qu'il ait cru à cet ordre-là. Être poète, c'était pour lui retrouver l'essence de l'être à travers les épreuves et les humiliations de l'existence.

Aussi, malgré les évidentes et nombreuses objections de détail qu'on peut lui opposer, il faut prendre au sérieux l'architecture des *Fleurs du Mal*.

Plan schématique des *Fleurs du Mal*

• AU LECTEUR : La dimension métaphysique du livre apparaît sans équivoque. L'homme est enfoncé dans le péché. Satan triomphe en ce bas monde.

• SPLEEN ET IDÉAL : (Le plan véritable est assurément l'inverse : idéal et spleen.) Quoi qu'il en soit, les deux postulations de l'homme sont ici affirmées. Comment échapper au Mal ?

1° *Par l'art :* C'est pour Baudelaire la voie la plus sûre. On a pu y distinguer trois mouvements : grandeur du poète (de I à VI), misère du poète (de VII à XIV), son idéal de beauté (XVII à XXI). Sans doute serait-il imprudent de trop systématiser : les poèmes XV *(Don Juan aux Enfers)* et XVI *(Châtiment de l'orgueil)* n'ont rien à voir avec la mission du poète. Et le détail lui-même n'est pas simple : *la Vie antérieure* (XII) n'exprime pas la « misère » du poète mais, au passé et ailleurs il est vrai, un monde de beauté ; *l'Homme et la Mer* (XIV) n'entre guère mieux dans le schéma, en ce qu'il a de rigide. Mais il reste vrai que le thème du poète et de la poésie sous-tend la première partie de *Spleen et idéal.*

2° *Par l'amour* (de XXII à LXIV). Les poèmes sont répartis en quatre cycles, comme nous venons de le voir (voir ci-dessus, p. 18). Ils constituent l'ensemble le plus cohérent et le plus nombreux (plus de la moitié de SPLEEN ET IDÉAL).

Or ces deux tentatives pour échapper au Mal aboutiraient en somme à un échec, l'échec de « l'idéal » et la rencontre du « spleen », annoncé sous le nom d'« ennui » dans l'avis AU LECTEUR. Cet ensemble (de LXV à LXXXV) ne présente pas, du moins au début, une cohésion très rigoureuse. Par exemple *les Chats*, malgré leur aspect nocturne, ne semblent pas inspirés par le désespoir. Mais le thème du *spleen* apparaît vite, pour atteindre une exceptionnelle vigueur dans les quatre poèmes qui en ont emprunté le nom comme titre : LXXV, *Pluviose irrité... ;* LXXVI, *J'ai plus de souvenirs que si j'avais mille ans... ;* LXXVII, *Je suis comme le roi d'un pays pluvieux... ;* et LXXVIII, *Quand le ciel bas et lourd pèse comme un couvercle...* Cependant les pièces de la fin, d'*Obsession* à *l'Héautontimorouménos*, *l'Irrémédiable* et *l'Horloge* apparaissent comme autant de ramifications du thème, sous les formes les plus désespérées. Et de la sorte l'aspect métaphysique du triomphe du mal, qu'annonçait l'avis AU LECTEUR, trouve ici son illustration éclatante.

A SPLEEN ET IDÉAL, qui semblent exprimer surtout l'expérience personnelle de Baudelaire, succèdent des chapitres plus courts qui évoquent, dans une suite de domaines particuliers, l'expérience universelle : TABLEAUX PARISIENS, LE VIN, FLEURS DU MAL, RÉVOLTE, LA MORT.

• TABLEAUX PARISIENS (second chapitre du recueil), c'est la tentative (et sans doute aussi l'échec) de la communion humaine, dans le cadre de la ville. Ici se manifestent une inspiration sociale, et les trésors de charité que recelait l'âme du poète, mais aussi ce sentiment très neuf et très moderne : la solitude des hommes (et surtout des plus misérables d'entre eux) dans l'illusoire communauté urbaine.

• LE VIN (troisième chapitre), à la différence des « TABLEAUX PARISIENS », représente, si l'on considère la date des poèmes, un groupe fort ancien. Sa signification a sans doute évolué dans l'esprit du poète. Dans le contexte de la révolution de 1848 et sous l'influence du socialisme de Fourier[1], « le vin est pour le peuple qui travaille et qui mérite d'en boire ». Par la suite, il est peu à peu associé à la catégorie des « paradis artificiels » et devient dans l'édition de 1861, selon Ruff[2], un des « efforts désordonnés et condamnables de l'homme pour échapper aux exigences de sa condition ».

• FLEURS DU MAL (sans l'article et dans le sens le plus strict) constituent le quatrième chapitre et marqueraient, selon Antoine Adam[3], « non l'aboutissement d'une logique intérieure, mais les jeux d'un artiste se plaisant à pousser jusqu'à l'excès les audaces d'un certain romantisme scandaleux ». Là se trouvaient en effet, dans l'édition de 1857, la plupart des

1. Sur Fourier, voir la note, p. 14. Cette valeur rituelle du vin est réapparue en mai 1968.

2. M. A. Ruff, *Baudelaire*, Paris, Éd. Hatier, coll. « Connaissance des Lettres », p. 117.

3. Antoine Adam, édition des *Fleurs du Mal*, Paris, Éd. Garnier, p. 408.

pièces qui furent condamnées lors du procès. On y voit fleurir les formes du romantisme macabre et du vampirisme chères à Théophile Gautier. Elles témoignent, de la part de Baudelaire, d'une forte dose de provocation.

• RÉVOLTE (cinquième chapitre) pose, par l'ambiguïté des trois poèmes qui le composent, un problème très important pour la structure des *Fleurs du Mal*. Que la révolte soit proposée comme un moyen offert à l'homme de dépasser sa condition misérable, ce n'est pas douteux. C'est même la proposition que lui fit Satan au début de la *Genèse*. La question est de savoir si Baudelaire approuve ou non. Or *le Reniement de saint Pierre* (CXVIII) établit que le refus d'utiliser la violence n'a pu aboutir qu'à la mort, donc à l'échec, de Jésus. Aussi le poète s'écrie :

> Puissé-je user du glaive et périr par le glaive !
> Saint Pierre a renié Jésus... il a bien fait !

L'accusation de blasphème a d'ailleurs été proférée lors du procès, mais aucun des trois poèmes n'a été condamné. Quelle pouvait être la pensée de Baudelaire ? Elle a pu évoluer entre le moment de la composition (avant 1852 et, a-t-on remarqué, dans le dégoût qu'inspiraient au poète la politique de Louis-Napoléon et la passivité du peuple) et le moment où l'œuvre est entrée dans l'architecture des *Fleurs du Mal*. C'est ce dernier point qui dans l'immédiat nous intéresse, mais on ne peut l'isoler tout à fait. Il va de soi que Baudelaire n'exprime pas *sa* révolte, mais *la* révolte, celle de l'humanité tout entière, et qu'il ne pose pas seulement le problème de sa légitimité, mais aussi de son efficacité. A l'avant-dernière place (juste avant LA MORT), RÉVOLTE prend nécessairement, dans l'ordonnance de l'ensemble, une très grande importance. L'essentiel n'est pas de savoir si Baudelaire blâme ou approuve (et c'est pourquoi il a peu protesté contre l'accusation de blasphème). L'essentiel, c'est que la révolte est en somme présentée comme une fausse sortie. La seule issue qui nous est offerte pour échapper à un monde voué au mal, c'est la mort.

• LA MORT (sixième et dernier chapitre des *Fleurs du Mal*) est donc saluée sans horreur. *La Mort des amants* est même d'une étrange douceur, que l'emploi du décasyllabe à hémistiches égaux (5+5) rend insolite dans *les Fleurs du Mal*. Les autres « morts », sans omettre l'allégorique *Fin de la journée*, ne sont pas d'un accent sensiblement différent. Dernier poème du chapitre - et du livre - *le Voyage* semble nous imposer un long détour : il redéploie en effet toutes les formes du spleen et

> Le spectacle ennuyeux de l'immortel péché.

Mais on saisit les raisons : le poète reproduit dans ce finale, avec une sorte d'accélération, les thèmes majeurs de la symphonie. Et l'orchestration est magistrale : toutes les étapes du voyage se révèlent aussi vaines que les motivations qui l'ont provoqué, toutes sauf une, la dernière, la mort. Seule la mort délivre de l'ennui. Les deux magnifiques quatrains par lesquels s'achève *le Voyage* nous donnent la conclusion logique des *Fleurs du Mal* en nous exhortant à

> Plonger au fond du gouffre, Enfer ou Ciel, qu'importe ?
> Au fond de l'Inconnu pour trouver du *nouveau* !

Telle est la structure voulue par le poète. Certes, dans le détail, les contradictions abondent, mais on peut dire que, dans l'univers de Baudelaire, elles sont en quelque sorte légitimées. Le poète est béni - et il est maudit ; l'homme est en proie au spleen - et à l'idéal ; la femme est animal - et ange ; notre monde est sollicité par l'Enfer - et par le Ciel. Selon Baudelaire, « il y a dans l'homme, à toute heure, deux postulations simultanées, l'une vers Dieu, l'autre vers Satan... » Il s'agit là d'une affirmation capitale, qui va bien au-delà du problème de la structure des *Fleurs du Mal*. Mais elle éclaire ce problème, ainsi que beaucoup d'autres.

Thèmes baudelairiens 3

Le précédent chapitre avait pour but d'établir la logique interne des *Fleurs du Mal.* Ultérieurement nous nous interrogerons sur la vision du monde dans laquelle l'œuvre s'inscrit, autrement dit sur l'univers de Baudelaire. Mais auparavant, il nous paraît important de discerner les thèmes qui expriment de la façon la plus intime et la plus insistante la personnalité du poète.

LE PARADIS PERDU

L'enfance

« Les vrais paradis sont les paradis qu'on a perdus », écrira Proust. Baudelaire, même dans les phases les moins optimistes de sa vie, ne croyait pas que l'enfance fût un paradis tout à fait perdu. « Rien, note-t-il vers 1860 à propos de Constantin Guys, ne ressemble plus à ce qu'on appelle l'inspiration, que la joie avec laquelle l'enfant absorbe la forme et la couleur. J'oserai pousser plus loin... L'homme de génie a les nerfs solides ; l'enfant les a faibles. Chez l'un, la raison a pris une place considérable ; chez l'autre, la sensibilité occupe presque tout l'être. Mais le génie n'est que l'enfance retrouvée à volonté. »

Pour Proust, la perte de l'enfance est définitive et irrémédiable. Tout au plus l'artiste a-t-il le privilège de rappeler par la mémoire l'enfant qu'il était. Pour l'adulte, « les fleurs ne sont plus de vraies fleurs » parce qu'il a perdu à jamais le pouvoir de s'étonner. De ce pouvoir, l'artiste, selon Baudelaire, dispose encore. C'est un capital dont il est devenu conscient : au pouvoir d'émerveillement qui lui est resté, il a ajouté ces acquisitions de l'âge adulte que sont les dons d'analyse et d'organisation. Ainsi « l'enfance retrouvée à volonté » pourra s'épanouir en œuvres.

Si peu enclin qu'il fût aux confidences directes, Baudelaire a tout de même évoqué[1] (XCIX, *Je n'ai pas oublié...*) le souvenir de l'enfance heureuse (entendons : avant le remariage de sa mère). Ce poème, d'ailleurs trop ancien pour être marqué du véritable sceau du poète, reflète une émotion très vive - tout comme le suivant, consacré au souvenir de Mariette, « la servante au grand cœur ». La maison de Neuilly et la chère Mariette appartenaient à l'univers d'avant la faute, et si dans le poème C on voit poindre un reproche, que Baudelaire adresssait à sa mère, c'est que le poète est conscient d'être seul à estimer le prix du paradis perdu.

> Mais le vert paradis des amours enfantines,

Baudelaire l'a évoqué avec la force du génie dans *Mœsta et errabunda* (LXII). Le poème est dédié à une certaine Agathe, et il est effectivement rangé, par sa place dans le recueil, dans la catégorie des « inspirations diverses ». Faut-il appliquer à cette inconnue le titre latin, qui signifierait alors : « triste et errante » ? Ou faut-il prendre les deux adjectifs pour des neutres, « choses tristes et errantes » », c'est-à-dire quelque chose comme « autant en emporte le vent » ? Dans le premier cas, on saisit qu'Agathe n'a fait que traverser la vie de Baudelaire ; dans le second, que ce sont des propos de bal. Car les strophes de *Mœsta et errabunda* ont le rythme de la valse, et, dans ce mouvement circulaire, le cinquième vers, qui répète le premier, ramène les danseurs au point de départ. Il est clair qu'Agathe s'est, autant que le poète, éloignée de l'innocence de l'enfance, et ils peuvent l'un et l'autre regretter le « vert paradis ».

> Peut-on le rappeler avec des cris plaintifs
> Et l'animer encor d'une voix argentine,
> L'innocent paradis plein de plaisirs furtifs ?

Pour que le poème puisse sécréter sa fine mélancolie, il fallait que la question restât sans réponse. La notion de para-

1. Voir ci-dessus, *La mère du poète*, p. 10.

dis perdu est d'une ambiguïté fondamentale, car on peut à volonté mettre l'accent sur le premier mot ou sur le second. Et il est évident que Baudelaire et Agathe - les trois premières strophes nous le montrent - sont plongés dans la détresse quand ils regardent la rive émerveillée de l'enfance.

L'âge d'or

Leconte de Lisle et d'autres contemporains de Baudelaire ont vu dans le paganisme grec la jeunesse du monde, qu'hélas ! la notion chrétienne du péché est venue ensuite assombrir. Selon cette conception, le monde autrefois était jeune et beau, les instincts s'y épanouissaient dans une liberté heureuse, tous les êtres y vivaient dans l'harmonie. Chez Baudelaire, l'idéal « tahitien » de la liberté sexuelle qui s'exprime dans *la Géante* (XIX) procède d'une inspiration très voisine. Certes, la vision païenne d'un monde ignorant du péché (c'est plutôt l'âge d'or de Virgile et d'Ovide que la version biblique de l'humanité avant la faute) peut étonner dans le contexte des *Fleurs du Mal,* qui est celui d'un monde fondamentalement marqué par le péché. Mais la contradiction n'est qu'apparente. Si la beauté, l'harmonie et la force étaient à l'origine du monde, c'est que les choses n'ont pu ensuite que se dégrader. Et le mythe passéiste (qu'il le situe ou non dans un contexte païen) s'oppose très exactement au mythe du progrès, que Baudelaire n'a cessé de pourfendre.

La vie antérieure

Cependant Baudelaire ne s'est pas contenté d'exprimer cette vision du bonheur. Elle se double pour lui d'un sentiment de « déjà vu », de la certitude confuse d'une participation personnelle. D'abord parce que, comme Nerval, et peut-être en partie sous son influence, il est habité par une mémoire libérée de la chronologie, en quelque sorte intemporelle.

> J'ai plus de souvenirs que si j'avais mille ans

nous confie-t-il dans le second SPLEEN (LXXVI, qui commence par ce vers). Et précisément l'abondance de ces souvenirs n'est concevable que dans la mesure où le poète a vécu d'autres existences.

D'autres existences, mais des existences heureuses. Cette précision, qui ne va pas de soi, est ici capitale. La réminiscence baudelairienne, comme celle de Platon[1], est liée à l'idée d'un bonheur ancien, puisé aux sources de l'âme et où l'âme aspire naturellement à retourner. L'admirable poème de *la Vie antérieure* (XII) trouve dans ce cadre son explication. Le poète se souvient d'un paysage selon son âme. Il y goûte des *voluptés calmes*. Et l'on voit bien que les deux aspects qu'il présente sont importants : le fait d'y *avoir vécu*, et le contraste absolu entre cette « vie antérieure » et la vie moderne. Cette hantise d'un autrefois où le poète était exempt de soucis matériels, où le sens de l'utile ne venait pas corrompre la beauté, où tout était mis en œuvre à seule fin de lui faire « approfondir le secret douloureux » ne traduit pas seulement l'aspiration du poète à percer le mystère de son être. Il est remarquable que l'« ailleurs » soit d'abord un « jadis ».

AILLEURS

Si le poète aspire à un autre monde, c'est que ce monde-ci n'est pas sa patrie véritable. L'âme ici-bas est en exil, d'où l'importance du thème de l'exil chez Baudelaire : exil d'Andromaque, exil du cygne (LXXXIX), exil de l'albatros (II), qui est l'exil même du poète. La recherche d'un *ailleurs* traduit donc l'aspiration à la patrie véritable, aspiration tantôt paisible, tantôt furieuse : *any where out of the world*, n'importe où hors du monde (titre d'un « petit poème en prose », XLVIII). De cette tendance il résulte que chez Baudelaire toute recherche est en même temps une évasion.

1. Platon, philosophe de la Grèce antique (428-348 av. J.-C.). Sa doctrine majeure est que dans nos existences successives nous ne percevons que le reflet imparfait et grossier des Réalités suprêmes que sont les Essences ou Idées. L'Âme, qui a connu autrefois les Essences, mais s'est ensuite dégradée, en a gardé une vague nostalgie ou réminiscence, qui témoigne de son aspiration à retrouver son ancien état.

L'évasion par les sens

Dans *les Fleurs du Mal* l'amour sensuel est tout entier contenu, nous l'avons vu, dans le cycle de Jeanne Duval (de XXII à XXXIX, voir ci-dessus, p. 18). Dans ce cadre, il y a place pour des tons divers et des inspirations bien différentes, comme le reproche, le remords, la colère. Mais la poésie des sens brille d'un éclat incomparable dans les deux premiers poèmes du cycle, *Parfum exotique* et *la Chevelure*. Les seins ou les cheveux de la Vénus noire sont le point de départ d'un voyage vers *des rivages heureux* ou *de charmants climats* qui sont assimilés, dans le second poème, à ceux de l'Asie et de l'Afrique. La grande originalité de Baudelaire, c'est de faire partir son imagination du sens de l'odorat. Ainsi, l'image traditionnelle (chevelure=forêt) est elle-même renouvelée, amplifiée à l'extrême par l'adjectif *aromatique*. Et si les *tresses* suscitent *la houle*, c'est moins par le truchement de la vue que du toucher. Qu'importe, puisque la grande image de la mer, du voyage exotique est par là déclenchée. Mais c'est l'odeur des lourdes tresses qui triomphe avec

> les senteurs confondues
> De l'huile de coco, du musc et du goudron.

En somme, la prédominance de l'odorat favorise la fusion de tous les sens, conformément à la doctrine des correspondances[1], et le parfum entêtant des noires tresses conduit, dit le poète, à

> Un port retentissant où mon âme peut boire
> A grands flots le parfum, le son et la couleur.

Le voyage sentimental

Comme le cycle de Jeanne, le cycle de Marie Daubrun fait succéder, mais sur un tout autre registre, l'amer au doux et le doux à l'amer. Là où résonne le mieux la note heureuse, c'est encore dans la recherche d'un « ailleurs », ou plus exactement d'une *Invitation au voyage* (LIII). L'origine et la clé du poème se situent, non plus dans une chevelure, mais

1. Sur la doctrine des correspondances, voir plus loin, p. 42.

dans les yeux verts de Marie. Leur éclat voilé suggère au poète un paysage nordique, lumineux et humide. La Hollande n'est pas nommée dans le poème (elle l'est dans son équivalent en prose XVIII), mais les allusions sont tout à fait claires. D'abord parce que c'est à travers ses peintres[1] que le poète imagine la *chaude lumière* d'un pays où il n'est pas allé. Mais surtout le mobilier, les fleurs, le commerce avec l'Orient, les canaux, la propreté méticuleuse sont autant de détails significatifs, on dirait même assez conventionnels, si l'originalité de la vision ne les transcendait.

Car la qualité de la vision, elle est bien dans cet « ailleurs » où nous appelle le voyage sentimental.

> Là, tout n'est qu'ordre et beauté,
> Luxe, calme et volupté.

Elle est dans la région platonicienne[2] où se situe l'origine de l'âme.

> Tout y parlerait
> A l'âme en secret
> Sa douce langue natale.

Elle est surtout dans l'harmonie rêvée par le poète entre des yeux de femme et un paysage, entre un état d'âme et un rythme, le rythme impair auquel on doit cette exceptionnelle réussite.

Le vin

Le thème du vin n'a évidemment pas revêtu, dans *les Fleurs du Mal*, la forme traditionnelle de la chanson à boire. Mais, traditionnellement, boire, c'est aussi chercher à oublier. Le vin ne pourrait-il, chez Baudelaire, signifier *évasion* ?

Le problème pourrait ne pas être aussi simple. De l'ivresse vulgaire à l'exaltation dionysiaque, on voit sans peine le rôle que Baudelaire eût pu attribuer au vin pour s'évader du monde réel, sans parler des prolongements possibles vers les « paradis artificiels ». Avant d'écrire précisément *les Para-*

1. Notez au vers 8 de l'*Invitation au Voyage* le pluriel « ciels » (au lieu de « cieux ») qui n'est utilisé qu'en parlant de tableaux.

2. Sur la doctrine de Platon, voir ci-dessus, p. 26.

dis artificiels, Baudelaire n'avait-il pas publié *Du vin et du haschisch, comparés comme moyens de multiplication de l'individualité* ? Avouons que cet aspect apparaît peu dans *les Fleurs du Mal*. Le poème CVI, *le Vin et l'assassin*, est même une condamnation de l'ivresse, considérée sous sa forme grossière. Mais les autres poèmes du cycle du vin, à l'exception toutefois du *Vin des amants*, expriment joie, réconfort, apaisement, comme le remarque Antoine Adam, et non pas évasion. Ces poèmes, qui sont anciens, ont été écrits avant que Baudelaire ait conçu le titre et le plan des *Fleurs du Mal*, avant qu'il ait définitivement opté pour une vision pessimiste du monde. Ils correspondent à une époque où il fréquentait Courbet, Proudhon et Pierre Dupont et partageait l'espoir des révolutionnaires de 1848[1] en un monde meilleur. « Dans ces milieux, note Antoine Adam, il existait une tradition qui célébrait dans le vin l'insigne bienfait de Dieu aux travailleurs, le consolateur du pauvre, le réconfort salubre des malheureux. »

Peut-être ne faut-il pas exagérer la nuance qui sépare consolation et réconfort d'évasion. Baudelaire a dû lui-même la minimiser pour faire entrer les poèmes du vin dans le plan général de son livre. Du moins était-il intéressant de poser le problème, pour constater qu'un poème au moins (CVII, *le Vin des amants*) vante le vin pour l'accès qu'il offre au monde du rêve.

Le « rêve parisien »

Si toute évasion hors du réel aboutit au rêve, le *Rêve parisien* (CII) possède un caractère bien particulier et touche à des aspects essentiels de la pensée et de la sensibilité de Baudelaire. C'est le rêve d'un architecte urbaniste qui bannirait de sa composition tout élément naturel pour savourer

> L'enivrante monotonie
> Du métal, du marbre et de l'eau.

1. Sur le problème assez complexe des rapports de Baudelaire avec les révolutionnaires de 1848 et même avec le thème du vin, revoir : notre tableau « Quelques dates », p. 4 ; « Baudelaire en 1848 », p. 7 ; et enfin « Structure des *Fleurs du Mal* », sans oublier la note sur Fourier, p. 17.

Plus d'arbres donc, plus rien de vivant : tout serait conçu selon la géométrie de l'esprit. Une lumière certes, mais qui ne devrait plus rien au soleil. Nul doute que pour Baudelaire le mérite de l'art soit de s'évader de la nature. Il l'a dit dès le *Salon de 1846* : « La première affaire d'un artiste est de substituer l'homme à la nature et de protester contre elle. » Loin d'être une mère, ou simplement un guide, la nature est pour Baudelaire un mal. Loin de se fondre en elle, il importe d'en sortir. Et non seulement l'art est ce moyen d'évasion, mais il ne saurait se définir que contre la nature.

La mort

Mais, en somme, le « rêve parisien » aboutit à un échec, puisque le poème se termine, en un violent contraste, par les deux strophes terribles du réveil.

> En rouvrant mes yeux pleins de flamme
> J'ai vu l'horreur de mon taudis...

Échec de l'art donc, et de toutes les tentatives terrestres de recherche d'un « ailleurs ». L'amour, le vin, l'art, tout est échec. Nous ne pouvons que retrouver ici la logique interne de l'œuvre, telle qu'elle a déjà été analysée (« Structure des *Fleurs du Mal*, pp. 19-22). *Any where out of the world*[1], n'importe où hors de ce monde ! Toute évasion qui ne serait pas un départ hors de ce monde serait donc illusoire ? C'est bien le thème que développe Baudelaire en un long poème (ce qui est chez lui assez rare) et à une place significative, à la fin des *Fleurs du Mal*. Le dernier chapitre du livre est *la Mort*, et le dernier poème *le Voyage* (CXXVI).

Si l'homme est tenté par le voyage, c'est qu'il a besoin d'un ailleurs. Mais trouvera-t-il ce qu'il cherche ? Non, puisqu'il ne saurait découvrir que ce qu'il porte en lui. Et le spectacle du monde est d'une navrante uniformité. Les paysages les plus réputés sont illusoires, car c'est notre imagination qui les crée, et notre imagination se passe fort bien du voyage (Baudelaire a-t-il eu besoin d'aller en Hollande pour l'évoquer dans son *Invitation au voyage* ?). Quant aux sociétés humaines, partout le tyran est cruel et jouisseur,

1. Titre donné par Baudelaire à un de ses *petits poèmes en prose* (XLVIII).

partout l'esclave est vil. Il est vain de chercher des différences : toutes les civilisations, tous les régimes politiques, toutes les religions se valent et valent ce que vaut une humanité corrompue. Tout voyage terrestre n'est qu'agitation et divertissement. La seule évasion possible, c'est la mort.

LE SPLEEN

Dans le titre du premier - et principal - chapitre des *Fleurs du Mal*, « Spleen et idéal », la conjonction « et » a évidemment valeur d'opposition : « spleen » et « idéal » sont des notions contraires. Contraires, mais non indépendantes. C'est en effet dans la mesure même où Baudelaire a visé très haut (l'idéal) qu'il s'expose aux déceptions et aux échecs et qu'il est amené à prendre en dégoût l'existence. C'est pourquoi le poète est l'être au monde le plus exposé au malheur (voir ci-dessous, p. 74). Plus grande en effet sera l'aspiration à l'idéal, moins l'existence sera supportable. Ainsi le spleen peut apparaître comme la retombée de l'idéal. En d'autres termes, c'est la quête de l'absolu (l'essence) qui rend l'existence difficile. Le spleen ne serait-il pas, en somme, cette difficulté à vivre ?

Petite histoire du spleen

Spleen en anglais signifie « rate ». La *mélancolie* ou *bile noire* passait pour une sécrétion de la rate, selon la théorie hippocratique des humeurs. Les deux mots sont donc, en principe, équivalents. Mais en s'éloignant des racines grecques dont il tire son origine, le mot « mélancolie » s'est usé avec le temps et sans doute aussi par l'abus qui en a été fait au début du romantisme. Le terme de *spleen* a été importé en France au milieu du XVIIIe siècle, notamment par Diderot qui, en lui donnant le commentaire de « vapeurs anglaises », semble vouloir en respecter la spécificité britannique. A l'époque romantique le mot est d'un usage plus fréquent pour désigner un ennui sans cause et un dégoût généralisé de la vie. C'est un terme fort, mais resté assez proche du langage médical, quand Baudelaire l'adopte pour lui conférer une dimension plus philosophique.

Naturellement, la réalité qu'il évoque avait été depuis longtemps recensée sous d'autres noms. C'est le *taedium vitae* (dégoût de vivre) du poète latin Lucrèce. C'est l'ennui de Pascal, qui fait de cette notion un élément capital dans la démarche de sa pensée. L'ennui pascalien en effet, loin d'être considéré comme un accident, est présenté comme la condition naturelle de l'homme, à laquelle il n'échappe, et de façon précaire, qu'en se « divertissant », c'est-à-dire en se détournant d'y penser. On notera que dans la dernière strophe de l'avis AU LECTEUR Baudelaire confère au mot-clé, l'*Ennui* (avec la majuscule), une violence tout à fait pascalienne. Comment enfin ne pas relier le spleen baudelairien aux philosophies de l'existence ? Pour le Danois Kierkegaard (1813-1855), il s'appelle l'angoisse (ce qui nous serre) et, plus près de nous, il prend chez Sartre la forme de la nausée.

De la mélancolie au spleen

On peut déceler chez Baudelaire des formes « douces » du spleen, proches si l'on veut de la mélancolie lamartinienne, parfois plus insidieuses, et des formes « aiguës », plus conformes sans doute à l'idée qu'on se fait des *Fleurs du Mal*. On voit ces deux formes cohabiter - et s'opposer - dans un même poème, *Chant d'automne* (LVI). La deuxième partie, éclairée par la « lumière verdâtre » des yeux de Marie Daubrun, est dans le ton de l'élégie, c'est-à-dire d'une complainte tendre : elle apporte, non pas l'espoir, mais une sorte d'apaisement dans la marche implacable vers l'hiver. Mais cette douceur n'a de sens que par rapport à la dureté du sonnet initial.

Des quatre poèmes successifs qui portent le titre de SPLEEN, le premier (LXXV) a beau incorporer les ingrédients attendus (pluie, froid, cimetière), il échappe à la distinction entre formes douces et aiguës du spleen, parce qu'il procède d'un art plus baroque[1] que romantique. L'émotion, comme cela éclate au dernier tercet, est tournée en dérision, déviée en caricature. Il n'en reste pas moins baudelairien pour

1. Sur les aspects « baroques » de Baudelaire, voir ci-dessus « goûts littéraires » (p. 11 et la note) et plus loin, « l'art des *Fleurs du Mal* », p. 56.

autant, mais sur un autre registre, celui de « l'ironie » (voir ci-dessous, *le Bourreau de soi-même*, p. 48).

Les *Spleen* 2 et 3 (LXXVI et LXXVII) commencent sur le ton de la mélancolie douce, mais pénétrante. Il s'agit d'un spleen de forme insidieuse :

> J'ai plus de souvenirs que si j'avais mille ans

pourrait être l'introduction d'une réminiscence heureuse (voir *la Vie antérieure*), mais elle s'avère pesante, oppressante. Et, de façon significative, la célèbre statue de Memnon[1] (transformée par Baudelaire en sphinx) ne chante plus au lever du jour, mais au « soleil qui se couche ».

> Je suis comme le roi d'un pays pluvieux

pourrait aussi bien amorcer une complainte douce, mais vite l'atmosphère s'assombrit. Pour Pascal (Pensée 142) « un roi sans divertissement est un homme plein de misères ». Le roi de Baudelaire est si profondément atteint par l'ennui que le remède du « divertissement » est sur lui sans effet.

Le quatrième poème du même titre (LXXVIII), le plus célèbre, nous présente le spleen sous sa forme aiguë. L'ennui philosophique y revêt les symptômes terriblement physiques de l'angoisse. Le ciel bas et l'inévitable pluie créent un univers rétréci, fermé par un « couvercle » et limité par des « barreaux ». Quand, dans ce « cachot humide », se déploie la faune des ténèbres,

> Et qu'un peuple muet d'infâmes araignées
> Vient tendre ses filets au fond de nos cerveaux,

le cadre est construit pour faire éclater l'obsession sonore des *cloches* et les hallucinations visuelles de la fin :

> Et de longs corbillards sans tambours ni musique
> Défilent lentement dans mon âme ; l'Espoir,
> Vaincu, pleure, et l'Angoisse atroce, despotique,
> Sur mon crâne incliné plante son drapeau noir.

Les aspects physiques du spleen et son sens profond sont ici inséparables. Mots, images et rythmes ont créé un style et un concept qui appartiennent à Baudelaire à jamais.

1. Statue de l'Égypte antique dont les pierres, à la suite d'un tremblement de terre, émettaient un son lorsqu'elles étaient chauffées par les premiers rayons du soleil. Soit volontairement, soit plutôt par inadvertance, Baudelaire a confondu la statue avec un sphinx.

La fuite du temps

Quand Baudelaire écrit, dans *le Goût du néant* (LXXX) :

> Et le Temps m'engloutit minute par minute,

nous aurions tort d'y voir un propos banal. En prenant la confidence à la lettre, un lien s'établit entre le vers isolé et la personne de Baudelaire : nous y devinons la tragédie de l'existence et nous la situons aussitôt dans la tonalité générale des *Fleurs du Mal*.

Il n'y a à faire qu'un pas de plus : remplacer « minute » par « seconde », et nous avons le mouvement implacable de *l'Horloge*. Le sentiment de la fuite du temps est un très vieux thème chez les poètes, et il a été l'objet à l'époque romantique d'une orchestration prestigieuse. Mais on a pu dire des grands romantiques que, explorant le tragique de la fuite du temps, ils prenaient le public et eux-mêmes tellement à témoin que la conscience qu'ils avaient de la beauté de leur chant rendait moins intolérable la souffrance éprouvée. Chez Baudelaire, rien de semblable. S'il se donne en spectacle, c'est devant un miroir, et sans complaisance. Le rythme de *l'Horloge* est implacable : à l'irrémédiable fuite du temps, Baudelaire associe les remords de tous ordres et l'obsession de sa vie manquée. L'idée que le désespoir trouve dans son expression même une compensation esthétique ne nous vient pas à l'esprit dans le cas de *l'Horloge*. Nous sommes pris.

Le gouffre

> Pascal avait son gouffre avec lui se mouvant...

Ce n'est pas le premier rapprochement que nous ayons été amené à faire entre Baudelaire et Pascal. Dans *le Gouffre* (additions de 1868, XI) Baudelaire cite Pascal nommément. La vision permanente du « gouffre » leur serait commune, c'est du moins ce qui est suggéré dans ce sonnet qui date des dernières années du poète.

> Sur le fond de mes nuits Dieu de son doigt savant
> Dessine un cauchemar multiforme et sans trêve.

S'agirait-il d'une forme suraiguë du spleen ? *Le gouffre* est donné comme un aveu, à vrai dire bref, car l'anecdote est réduite à sa dimension métaphysique :

> En haut, en bas, partout, la profondeur, la grève,
> Le silence, l'espace affreux et captivant,

pour déboucher sur ce regret un peu obscur dans sa formulation lapidaire :

> Ah ! ne jamais sortir des Nombres et des Êtres !

Il s'agit bien d'un regret, non d'un souhait. Selon une conception plotinienne[1], le monde, un à l'origine, aurait chuté dans le multiple (les nombres) d'où l'apparition des individus (les êtres). Baudelaire a donc voulu dire : « Quel dommage de rester prisonnier de ce bas monde ! »

En somme le spleen a pour cause l'aspiration - insatisfaite - à un impossible « ailleurs ».

La décomposition universelle

Qu'il s'agisse de l'œuvre du temps, de la fragilité de la beauté, de la déchéance des *Petites vieilles* (XCI), Baudelaire évoque un monde que guettent la mort

> Et l'appareil sanglant de la Destruction
> (*La Destruction*, CIX)

Le thème médiéval de la *Danse macabre* (c'est le titre du poème XCVII) illustré aussi dans *le Squelette laboureur* (XCIV) prend dans *les Fleurs du Mal* un caractère obsédant. Mais Baudelaire ne se contente pas du traditionnel squelette. Avec un réalisme non exempt de provocation, il se plaît à décrire la chair en décomposition. Dans *un Voyage à Cythère* (CXVI) l'île vouée à Vénus nous offre, par un contraste savamment calculé, le spectacle d'une pourriture. On notera que la description, fort détaillée, d'*une charogne* (XXIX) est faite sur le rythme 12 + 6 (un alexandrin suivi d'un hexasyllabe), souvent utilisé par les romantiques pour les complaintes senti-

1. Pour le philosophe grec néo-platonicien Plotin (205-270), la chute dans le multiple est un des aspects du processus de dégradation.

mentales et les douces rêveries (c'est celui du *Lac* de Lamartine). Cet emploi blasphématoire donne un aspect singulier au tournant idéaliste pris par le poème à sa conclusion :

Alors, ô ma beauté, dites à la vermine
    Qui vous mangera de baisers,
Que j'ai gardé la forme et l'essence divine
    De mes amours décomposés !

Il n'enlève rien, au contraire, au caractère macabre de l'inspiration.

Certes, sur ce point, Baudelaire cédait quelque peu à une mode dont on trouve l'exemple chez Théophile Gautier et Pétrus Borel. Et peut-être n'a-t-il pas exprimé là l'aspect le plus original de son génie. Mais on ne saurait nier que l'inspiration macabre s'inscrit fort logiquement dans la pensée générale des *Fleurs du Mal*. Baudelaire n'évoque pas la vie dans son épanouissement. Il n'imagine pas davantage son recyclage dans le mouvement de la nature, la vie renaissant de la destruction. Son obsession est celle d'un monde qui se défait.

L'univers des *Fleurs du Mal*

4

UN ANTI-UNIVERS : LA NATURE

La nature est généralement absente des *Fleurs du Mal*. Baudelaire ne l'aime pas. La mer ferait-elle exception ? La mer en effet semble d'abord susciter une correspondance heureuse :

> Homme libre, toujours tu chériras la mer
> (*L'homme et la mer*, XIV)

ou, dans *Mœsta et errabunda* (LXII) :

> La mer, la vaste mer, console nos labeurs...

Mais dans *Obsession* (LXXIX) la correspondance est devenue « infernale » :

> Je te hais, Océan ! tes bonds et tes tumultes
> Mon esprit les retrouve en lui ; ce rire amer
> De l'homme vaincu, plein de sanglots et d'insultes,
> Je l'entends dans le rire énorme de la mer.

Le processus de dégradation est manifeste. Mais il ne s'agit pas seulement de dégradation. La nature n'est pas réellement présente. La mer est pour Baudelaire un mouvement de l'âme, ce n'est pas un paysage. Les visions colorées, les tableaux exotiques sont le produit de l'imagination, non de l'observation. On serait tenté de dire que, pour ce poète, seul le monde intérieur existe.

Il faut aller plus loin. Quand Baudelaire proclame que « la Nature est un temple » (*Correspondances*[1], IV), ce serait une erreur que de voir dans le temple et dans la majuscule une entreprise de déification. La promotion est illusoire. Les forêts de Baudelaire sont « des forêts de symboles » et non

1. Sur le sens de *Correspondances*, voir ci-dessous, pp. 42-43.

des arbres de la nature. La nature n'est chez lui que le prétexte ou l'apparence d'une vérité qui est ailleurs. Il ne suffit pas de dire que Baudelaire déteste la nature[1], encore que ce soit vrai. D'une certaine façon, et plus profondément, il la nie.

L'UNIVERS SOCIAL : LA VILLE

Présence de la ville

Tournant le dos à la nature, Baudelaire devait fort logiquement rencontrer la ville. Un examen attentif montre qu'un nombre important de poèmes se situe

Dans les plis sinueux des vieilles capitales
Où tout, même l'horreur, tourne aux enchantements.

(*Les petites vieilles*, XCI)

Si l'on tient compte du désir d'universalité qui pousse Baudelaire à la généralisation, c'est une capitale qu'il faut comprendre : Paris. Mais ces deux vers suggèrent assez bien à quels aspects de la ville il s'intéresse : non pas ce qu'on montre, mais ce qu'on cache, décor et gens.

Et le poète sait que la réalité sordide se prête aux sublimations. Sous ce rapport, la donnée de la ville entre bien dans les formules de son art.

S'il y a un paysage dans *les Fleurs du Mal*, c'est un paysage urbain. Dans *Paysage* (LXXXVI), qui constitue le premier des TABLEAUX PARISIENS, la ville n'est que le point de départ d'une évasion : pour rêver de jets d'eau et d'oiseaux, Baudelaire regarde Paris « du haut de sa mansarde ». En fait, ici, le poète se ferme à la ville et à ses habitants. En revanche, si en dehors des TABLEAUX PARISIENS, on veut voir

Le Soleil moribond s'endormir sous une arche,

on est sûr de retrouver la Seine et un pont de Paris.

1. Sur cette haine de la nature, voir ci-dessous, p. 00.

Solidarité et charité

Le vers que nous venons de citer est tiré de l'admirable *Recueillement* (Additions, XIII), où le poète semble encore se séparer des habitants de la ville pour ne se lier qu'à sa Douleur, « loin d'eux ». Du moins n'ignore-t-il plus la communauté des hommes. Elle est là, dans sa totalité indistincte :

> Une atmosphère obscure enveloppe la ville

et déjà les êtres se différencient, tout en restant très collectifs :

> Aux uns portant la paix, aux autres le souci.

Une certaine forme de solidarité joue déjà à l'insu des individus, à travers des masses anonymes. Ainsi *les Aveugles* (XCII) peuvent passer sans savoir que le poète est lié à eux par une commune inquiétude métaphysique : cette solidarité est pourtant effective. Baudelaire a eu le sentiment aigu du phénomène (et cette fois il le dit) en s'adressant *A une passante* (XCIII). Deux êtres se croisent, qui ne se reverront plus, sinon *dans l'éternité*. Deux destinées se croisent, anonymes mais non pas indépendantes :

> Car j'ignore où tu fuis, tu ne sais où je vais,
> Ô toi que j'eusse aimée, ô toi qui le savais !

Mais la sympathie du poète va aussi à des êtres plus individualisés. Il a une particulière sollicitude, dans le Paris en pleine transformation, pour les laissés-pour-compte du progrès : vieillards, vieilles femmes, aveugles, prostituées.

> Je pense aux matelots oubliés dans une île,
> Aux captifs, aux vaincus !... à bien d'autres encor !
>
> (*Le cygne*, LXXXIX)

Chez un poète égotiste et à certains égards aristocratique, cet amour des humbles et des déshérités étonne et émeut. Il est très réel. Baudelaire n'oubliait pas non plus les vaincus du Deux décembre[1] et c'était une raison de plus pour dédier à Victor Hugo, l'illustre exilé politique de Guernesey, *le Cygne* et les deux poèmes qui suivent.

1. On désignait ainsi les républicains qui, le 2 décembre 1851, ont vainement tenté de s'opposer au coup d'État grâce auquel le président Louis-Napoléon Bonaparte est devenu l'empereur Napoléon III.

Le spleen de Paris

Le Cygne est très exactement le poème de l'exil dans la grande ville. Le bel oiseau serait le frère de l'albatros du poème III, n'était précisément le caractère strictement urbain de son exil. Et le grand mérite de Baudelaire, c'est d'avoir - le premier peut-être, du moins avec cette acuité - évoqué ce sentiment paradoxal de solitude au milieu des foules de la ville. Ce sentiment, que Baudelaire a lui-même nommé « le spleen de Paris », a sans doute été favorisé par les chantiers de la capitale sous le Second Empire et par l'afflux d'une population déracinée. Nous le connaissons bien : c'est notre « mal des grands ensembles ».

L'UNIVERS ESTHÉTIQUE

Fonction du poète

Quelle que soit la place accordée à l'univers social, il est certain que les problèmes esthétiques, et particulièrement le rôle du poète en ce monde, ont vivement sollicité l'attention de Baudelaire. Dans l'ordre des *Fleurs du Mal*, c'est même le premier thème évoqué.

Les romantiques, et Vigny tout particulièrement, avaient conçu le poète comme un être exceptionnel, marqué d'un signe à la fois faste et néfaste, selon une antithèse remarquable. A l'orgueil d'être choisi est liée en effet la nécessité de souffrir davantage (car le malheur frappe de préférence les sommets) et d'être incompris des hommes (car à des niveaux si différents la communication devient impossible). Bien entendu, les termes du rapport génie-souffrance varient quelque peu. Le Musset de *la Nuit de mai* met l'accent sur la fécondité de la douleur ; Vigny essaie de prouver dans *Moïse* et dans *Stello* que le poète est l'éternel incompris et la victime de choix de tous les gouvernements ; Hugo croit que le poète, ou, comme il dit, le « mage » est voué à la souffrance, mais que néanmoins il peut et doit guider les foules.

Ce rappel est nécessaire pour comprendre la conception de Baudelaire et son évolution. Non seulement il accepte le schéma romantique, mais il en amplifie tous les termes. Le poète est maudit par sa mère avant de l'être par la société. Mais précisément cette malédiction est une *bénédiction*, car la souffrance imposée en ce monde est le signe d'une élection dans le Ciel[1] ; le poète qui la subit est par là-même consacré pour exprimer sur la terre les beautés éternelles dont les hommes n'entrevoient qu'un pâle reflet.

Selon cette *Bénédiction* (I) la souffrance est bonne et le poète est bien l'élu des « puissances suprêmes ». Quand il écrit ce poème (vers 1850), il est plein de confiance en la Providence : elle est garante du prix - évidemment élevé - que le génie doit payer. Dans *l'Albatros* (II) le poète est damné ici-bas, il est donc élu dans le ciel. Mais le contrat est moins net : l'accent est mis sur la déchéance, qui est expliquée plus que justifiée. Dans *les Phares*, au terme d'un défilé des génies chers à son cœur, Baudelaire voit dans l'art l'affirmation de la dignité de l'homme face à la toute-puissance de Dieu. Mais, si la souffrance demeure, elle ne semble plus bénéficier de la garantie de la Providence. L'illumination des « phares » atteste que le ciel s'est assombri. Autrement dit, la lumière vient de l'homme plus que de Dieu.

Dans les tardives *Plaintes d'un Icare* (Additions, XII), le schéma romantique change. Le poète n'est plus l'albatros qui plane dans les nuées. Plus d'élection divine, mais une audace trop humaine, que sanctionnera un châtiment impitoyable : voilà le sens de trois strophes désabusées où Baudelaire se compare allusivement à Ixion[2], à Phaéton[3], à Icare[4].

1. « Ciel », « Dieu », « Puissances suprêmes » : il ne s'agit pas nécessairement, comme chez Claudel, du Dieu chrétien. Baudelaire peut ici ne se référer à aucune théologie précise, il peut aussi en amalgamer plusieurs. Son univers religieux sera évoqué plus loin.

2. Première strophe : Ixion est un personnage de la mythologie gréco-latine qui avait osé convoiter la déesse Junon. Jupiter le punit en lui faisant étreindre une nuée qui n'en avait que la forme.

3. Dans la deuxième strophe, allusion est faite à Phaéton, foudroyé par Jupiter pour avoir voulu - et ne pas avoir su - diriger le char du Soleil.

4. La troisième strophe concerne directement Icare, ancêtre mythique des aviateurs, qui échoua et se noya. La quatrième strophe reprend le thème général de l'audace vouée à l'échec.

« Correspondances »

On est souvent amené à se demander, à propos d'un poème de Baudelaire, s'il relève du *spleen* ou de l'*idéal*. Selon la chronologie et selon l'ordonnance du livre, c'est plutôt l'*idéal* qui précède. Encore qu'il n'y ait là rien d'absolu, tant s'en faut, c'est vrai du moins pour *Correspondances*. Ce quatrième poème des *Fleurs du Mal* est l'affirmation d'une grande confiance et la proclamation d'un grand espoir. « La Nature est un temple » : son caractère sacré, ainsi que sa fondamentale *unité* semblent nous prouver que Satan n'a pu encore y exercer son œuvre de dégradation et de division. Dans ce monde profondément *un*, deux systèmes de relations sont proposés par Baudelaire sous le nom de « correspondances » : un système vertical, les *correspondances* entre la terre et le ciel, le visible et l'invisible, les existences et les essences ; et un système horizontal, que Georges Blin croit plus exact d'appeler « synesthésies », de relations, à notre niveau terrestre, entre les différents sens.

De saint Paul à Hugo et à Balzac, en passant par Hoffmann[1] et Joseph de Maistre[2], les sources des *correspondances* sont innombrables. Peut-être faudrait-il faire un sort particulier au mystique suédois Swedenborg[3] : « Toutes les choses qui existent dans la nature, depuis la plus petite jusqu'à la plus grande, sont des correspondances. Elles sont des correspondances, parce que le monde naturel, avec tout ce qui le constitue, existe et subsiste d'après le monde spirituel, et l'un et l'autre d'après le divin. » Les *symboles* sont donc, dans notre univers matériel, les signes qui *correspondent* à des réalités d'ordre supérieur. Cette théorie vient renforcer le platonisme spontané[4] de Baudelaire, selon lequel les objets du monde sont les reflets affaiblis des essences.

1. Écrivain et compositeur allemand, Hoffmann (1776-1822), surtout célèbre pour ses contes fantastiques, était très apprécié par Poe et Baudelaire.
2. Joseph de Maistre (1753-1821), écrivain de talent et philosophe de tendance mystique, est surtout connu par son hostilité à la Révolution française et ses tendances réactionnaires, auxquelles Baudelaire n'est pas insensible.
3. Emmanuel Swedenborg (1688-1772) est le fondateur de l'« illuminisme » en réaction contre la pensée rationaliste du XVIIIe siècle.
4. Sur la doctrine de Platon, voir ci-dessus, p. 26.

On voit non seulement ce que les correspondances ajoutent à une vision platonicienne, mais surtout la séduction qu'elles pouvaient exercer sur un poète. Par le jeu des mots et des images, la poésie s'attribuait le pouvoir de couvrir tout le champ du réel. Ainsi, la théorie des synesthésies apportait au poète des possibilités nouvelles. En affirmant la continuité du monde sensible, elle permettait en principe de combler les vides qui subsistent dans notre perception du monde. Qu'on songe aux ultrasons imperceptibles à l'oreille humaine, ou à l'ultraviolet imperceptible à notre œil, sinon à notre peau. Qu'on songe aussi aux sens qui manquent à l'homme, mais dont est pourvu le dauphin ! Mais surtout les synesthésies proposent une méthode : après la théorie exposée dans le second quatrain, Baudelaire se livre dans les tercets à une véritable démonstration du pouvoir que donne au langage la fusion des sens. Rimbaud n'oubliera pas la leçon ni, après lui, Lautréamont et les surréalistes.

Dans cette perspective, le poète apparaît comme l'être capable d'appréhender l'unité du réel. C'était, on le sait, le privilège que Platon réservait au philosophe. Mais Baudelaire renoncera à cette prétention optimiste. Il évoluera vers un manichéisme[1] qui compromettra sa croyance en l'unité du monde.

Inspiration ou « sorcellerie évocatoire » ?

Si le poète est en ce monde le « correspondant » de l'invisible, tout porte à croire que son message vient d'ailleurs, qu'il est « inspiré »[2]. Pourtant, sans abandonner la théorie de l'inspiration, Baudelaire s'accorde avec Edgar Poe pour proclamer que la création est affaire de volonté et de savoir-faire. Un poème ne s'écrit pas tout seul. L'art poétique est une science ; se fier au hasard serait à la fois inefficace et sacrilège. Il écrit dans son étude sur Théophile Gautier : « Il y a dans le mot, dans le verbe, quelque chose de sacré qui

1. Sur la doctrine du manichéisme, voir ci-dessous, « L'univers religieux », pp. 52-54.

2. L'« inspirateur » est-il le Dieu de la Bible ou celui de Platon ? Sa doctrine esthétique est, pour le moins, influencée par la pensée platonicienne.

nous défend d'en faire un jeu de hasard. Manier savamment une langue, c'est pratiquer une espèce de sorcellerie évocatoire. » Le terme de *sorcellerie évocatoire* est fort suggestif, car il exclut à la fois le pur caprice et toute démarche étroitement rationnelle.

Le dandy

On appela *dandy*, dans l'Angleterre du début du XIXe siècle, un certain type aristocratique caractérisé par une recherche excessive dans le costume et dans les gestes, une froideur affectée, une insolence polie et une parfaite indifférence à l'opinion, sinon pour la provoquer.

Curieusement, Baudelaire a affiné le type social du dandy pour en faire en quelque sorte l'incarnation de son idéal esthétique. Le dandy est un être oisif, donc socialement inutile. Il réprime le naturel, soignant le vêtement plutôt que le corps, l'artifice plutôt que la sincérité, les gestes plutôt que leur finalité, le paraître plutôt que l'être. D'une façon générale, le dandy cultive le beau aux dépens du vrai, du bien et de l'utile. Il étudie son rôle, surveille son personnage et pose volontiers devant lui-même. Le dandy vit devant un miroir.

Ne nous étonnons donc pas que, dans l'univers esthétique de Baudelaire, nous rencontrions à chaque pas le dandy.

Le culte de la beauté

La notion de beauté tient une place éminente dans *les Fleurs du Mal*, puisqu'elle s'inscrit, nous l'avons vu[1], dans le titre même : les « fleurs » du « mal » sont la beauté que le poète extrait du péché et de la souffrance. Mais il est des cas où la beauté n'est pas seulement la finalité du poème, elle en devient la matière. Et alors Baudelaire nous dit clairement la conception qu'il en a.

La beauté y est saluée comme la forme privilégiée de l'idéal et correspond aux moments heureux où le poète échappe

1. Voir ci-dessus, « Histoire des *Fleurs du Mal* », p. 14.

au spleen. Le poème *Élévation* (III) nous donne quelques aspects de cette libération. Elle associe deux éléments : un élan de l'esprit vers les hauteurs (c'est l'image la plus évidente), mais aussi la connaissance intime de l'univers. Le poète est celui qui comprend

> Le langage des fleurs et des choses muettes.

Car la beauté suscite, chez Baudelaire « une extase faite de volupté et de connaissance » (article sur le *Tannhaüser* de Richard Wagner). C'est une volupté de nature intellectuelle. La beauté est, pour Baudelaire, une fête de l'esprit.

Le poète lui voue un véritable culte. Déesse, elle a la perfection d'une statue. *Rêve de pierre* (*La Beauté*, XVII), elle est à la fois étrangère à ce monde comme l'est un rêve, et dure et froide comme la pierre, et meurtrissante pour ses « amants ». Mais surtout, la beauté est érigée en valeur suprême. Elle est, comme dira plus tard Nietzsche, au-delà du bien et du mal :

> Que tu viennes du ciel ou de l'enfer, qu'importe...
>
> (*Hymne à la Beauté*, XXI)

Le poète s'adresse donc à la Beauté avec une ferveur quasi religieuse. C'est d'elle qu'il attend le salut. On peut même déceler dans *les Phares* (VI) une invocation aux grands artistes du passé, en tant qu'intercesseurs auprès d'elle, comme le sont les saints dans le culte catholique. En réponse à l'adoration qui lui est adressée, la Beauté exerce un rôle de consolatrice. Le poète attend d'elle qu'elle lui rende

> L'univers moins hideux et les instants moins lourds
>
> (*Hymne à la Beauté*)

Et si Baudelaire désire cette consolation pour lui-même, il en étend volontiers le bienfait à tous les hommes. Qu'est-ce que la beauté, l'art, la poésie, sinon que

> C'est pour les cœurs mortels un divin opium.[1]
>
> (*les Phares*, VI)

1. On notera que, au XIXe siècle, *opium* est toujours employé dans le sens d'adoucissement, consolation (illusoire peut-être, mais bienfaisante). L'acception est la même chez Karl Marx quand il qualifie la religion d'« opium du peuple ». Le mot n'a pas, à l'époque, la connotation de « poison ».

Le beau et l'utile

La vie de Baudelaire, nous l'avons vu[1], a été une constante protestation contre les valeurs de la société capitaliste : profit et production. Ainsi avons-nous expliqué la sympathie éprouvée pour son compagnon de misère, le poète américain Edgar Poe[2]. Car le culte de la Beauté est pour lui incompatible avec le « dieu de l'Utile » évoqué dans le poème V

> J'aime le souvenir de ces époques nues...

Le paradis terrestre dont il rêve[3] est à l'abri de toute notion de productivité.

Notons que Baudelaire abhorre la productivité là-même où elle s'exerce spontanément, c'est-à-dire dans la nature. Il a en horreur la maternité et « toutes les hideurs de la fécondité » (poème V, déjà cité). Si la beauté a visage de femme, ce sera

> comme un astre inutile,
> La froide majesté de la femme stérile. (XXVII)

Précisons-le : sa condamnation d'une société mercantile n'est pas vraiment fondée sur des critères de justice sociale tels que l'immoralité de l'argent et l'exploitation humaine qui en résulte. Son aversion est de nature plus particulière et porte sur le lien établi par le capitalisme entre l'argent et le temps. « Time is money », voilà pour lui l'horreur absolue. Aussi rêve-t-il d'un monde où le temps est délivré de toute idée de productivité, et à la limite il faudrait dire : où le temps est aboli, comme dans *la Vie antérieure* (XII) ou *l'Invitation au Voyage* (LIII). Nous serions tentés de dire qu'il invoque le droit à la paresse, si cette notion n'impliquait une idée d'abandon que Baudelaire réprouve. Il s'agit pour lui d'une paresse attentive, la « féconde paresse » vantée dans *la Chevelure* (XXIII). Après la remarque du paragraphe précédent, cette idée de fécondité pourrait nous surprendre, s'il n'était évident qu'elle est réservée aux produits de l'art. Car

1. Notamment p. 6, « Baudelaire en 1848 ».
2. Voir p. 12.
3. Voir ci-dessus, « L'âge d'or », et « La vie antérieure », pp. 25-26.

sa pensée est claire : cette paresse féconde, c'est le loisir (« loisir embaumé », est-il écrit dans *la Chevelure*), c'est-à-dire une vie disponible pour la méditation et la création.

> Là tout n'est qu'ordre et beauté,
> Luxe, calme et volupté.

Ordre, luxe (inutile), calme, volupté sont les composantes d'un monde orienté vers la beauté, en opposition totale au culte de l'Utile et à son tumulte désordonné.

L'art et la morale

Si la beauté est autonome - donc libérée de toute dépendance à l'égard des notions de bien et de mal ; si elle est par nature inutile - sans autre finalité qu'elle-même, cela veut dire que l'art est libre de tout lien avec la morale.

Une fois ce point bien établi - et il l'est assurément pour Baudelaire - le problème des rapports entre l'art et la morale n'est pas pour autant évacué. Car, s'il est exclu que l'art puisse être mis au service de la vie, Baudelaire est loin de rejeter l'inverse : que la vie puisse être mise au service de l'art.

Ainsi est posé un problème très important : quelle doit être la morale de l'artiste ? Le dandy, nous venons de le voir[1], est l'homme qui organise sa vie selon des critères uniquement esthétiques. Ce sera donc le modèle à suivre, mais le poète ira plus loin que le dandy, puisque la vie sera pour lui convertie, non en jouissance, mais en poèmes.

Cette théorie va très loin. Si l'on est poète, la vie ne sera pas vécue pour elle-même, mais pour l'œuvre qu'il devra en extraire. La chevelure de Jeanne Duval, les yeux verts de Marie Daubrun ne seront plus, comme pour le commun des mortels, des objets de sensualité ou de tendresse, ou s'ils le sont, ce sera dans la seule mesure où ils seront la source de beaux vers. La femme aimée ne sera plus aimée pour elle-même, mais en tant que promesse de création. Pour le poète, une expérience n'est morale que si elle est esthétiquement féconde. C'est en ce sens que Valéry a pu écrire que « le poète est le plus utilitaire des êtres », mais il s'agit, par rapport à l'acception courante, d'un utilitarisme à rebours, puisque c'est la vie qui est mise au service de l'art.

1. Voir ci-dessus, p. 44.

L'artiste a donc une morale qui lui est propre, aussi exigeante en son domaine que celle du saint et du héros. Cette morale comporte une forme d'ascétisme, car la recherche de la beauté exclut tout abandon aux joies simples de l'existence. Elle conduit aussi au martyre, car les expériences qui mettent la vie en danger, celles aussi que réprouve la morale ordinaire, doivent être tentées si elles sont convertibles en beauté. Nous rejoignons ici la notion de « fleurs du mal », telle que l'a révélée l'analyse du titre[1]. Le poète doit extraire la beauté du mal, c'est-à-dire de la souffrance et du péché, lesquels sans doute existent dans le monde indépendamment de sa volonté, mais qu'il ne doit pas hésiter à assumer, voire à provoquer, pour la plus grande gloire de son œuvre.

Le bourreau de soi-même

Allant jusqu'au bout de cette logique, Baudelaire fait du poète *l'Héautontimorouménos*[2] (LXXXIII), autrement dit « le bourreau de soi-même ». Le mouvement du poème doit être regardé de près : trois strophes pour confesser le sadisme nécessaire au poète, puisque la souffrance d'autrui sera sa jouissance en tant qu'aliment privilégié de son œuvre ; et quatre strophes (soit une de plus) pour avouer que, finalement, le poète est masochiste, amené qu'il est à cultiver sa propre souffrance. Étant lui-même la matière de son poème, observateur et observé, sujet et objet, et cela avec l'impitoyable lucidité du dandy devant son miroir, il a le sentiment de s'être engagé dans une partie injouable. Comment persister à se prendre au sérieux ? L'échec prend le visage de l'Ironie, ce qui fait dire au poète :

> Je suis le sinistre miroir
> Où la mégère se regarde.

On trouvera un schéma identique dans le poème suivant, *L'irrémédiable*. Poète est-il jamais allé plus loin dans l'aveu tragique ?

1. Voir ci-dessus, p. 14.

2. C'est le titre - grec - d'une comédie du poète latin Térence (190-159 av. J.-C.).

On comprend que, faute de pouvoir supporter cette lucidité impitoyable, le poète formule parfois le souhait contraire, celui de retomber dans l'inconscience animale :

> Je jalouse le sort des plus vils animaux
> Qui peuvent se plonger dans un sommeil stupide.
>
> (*De profundis clamavi*, XXX)

« Le beau est toujours bizarre »

La formule est de Baudelaire lui-même. Il n'est pas inutile de la situer dans son contexte immédiat : « Le beau est toujours bizarre. Je ne veux pas dire qu'il soit volontairement, froidement bizarre, car dans ce cas il serait un monstre sorti des rails de la vie. Je dis qu'il contient toujours un peu de bizarrerie, de bizarrerie naïve, non voulue, inconsciente, et que c'est cette bizarrerie qui le fait être particulièrement le Beau » (*Exposition universelle*, 1855). L'auteur s'exprimait dans le cadre, qui lui était familier, d'une exposition de peinture. Mais rien n'interdit d'étendre le propos aux autres arts. Il éclaire plusieurs aspects de l'univers esthétique de Baudelaire.

D'abord, le bizarre s'oppose au naturel et par là nous rejoignons l'hostilité bien connue du poète pour la nature[1]. La nature étant ce qui est inné, l'art représente ce qui est acquis. On comprend ainsi le goût de Baudelaire pour la parure, qu'il s'agisse des *Bijoux* (« Pièces condamnées », VI) ou des « retentissantes couleurs » dont resplendit Madame Sabatier dans la troisième strophe de la pièce précédente, *A celle qui est trop gaie.* Pour Baudelaire, la beauté d'une femme réside davantage dans son maquillage - fard et parfum - que dans la grâce naturelle du corps. Il est plus séduit par le détail qui provoque que par l'harmonie générale.

Mais « nature » signifie aussi et surtout ce qui est commun à une espèce. C'est en ce sens que les classiques s'efforçaient d'exprimer la « nature humaine » dans son univer-

1. Voir notamment « Le rêve parisien », ci-dessus, p. 29, et le début de ce chapitre, p. 37.

selle vérité. Baudelaire, à l'opposé, opte pour ce qui est particulier, rare, exceptionnel ; ce que l'on n'attend pas ; ce qui dérange les habitudes ; ce qui étonne et ce qui choque. Il rejoignait ainsi les rebelles à l'art classique que furent, au XVIIe siècle, les baroques[1].

Un pas de plus, et nous voyons Baudelaire rejeter ce qui constituait l'essentiel de la doctrine classique : une sorte de consensus appelé décence, mesure, bon goût. Ce rejet est provocateur. Il est à la fois esthétique (l'évocation de la chair en décomposition, par exemple) et moral : qu'il s'agisse du *Reniement de saint Pierre* (CXVIII) ou du *Vin de l'Assassin* (CVI), la poésie de Baudelaire ne cultive pas spécialement les « bons sentiments ». Il aurait même pu dire, bien avant Gide, qu'on ne fait pas de la bonne littérature avec de bons sentiments. Pour lui, répétons-le, le « mal » produit de plus belles « fleurs ».

Le bizarre est donc, en somme, ce qui échappe à la norme, à la règle, à la convention. Et l'esthétique du bizarre, c'est aussi ce que Baudelaire appelle indifféremment « l'art romantique » ou « l'art moderne ». Romantisme et modernité s'opposent chez lui à classicisme à peu près dans les termes où les opposait Stendhal : est classique ce qui plaisait à nos arrière-grand-mères. Et c'est dans la mesure où elles expriment la vérité particulière du monde moderne que Baudelaire prend passionnément la défense des œuvres dont la nouveauté choquait : la peinture de Delacroix, la musique de Wagner[2], la poésie de Hugo - le Hugo de l'exil.

Notons toutefois que cette « modernité », indiscutable sur le fond, n'exclut pas, nous le verrons[3], une certaine fidélité aux formes traditionnelles. « La modernité, c'est le transitoire, le fugitif, le contingent, la moitié de l'art, dont l'autre moitié est l'éternel et l'immuable » *(le Peintre de la Vie moderne).* Il y a là un souci d'équilibre très remarquable chez Baudelaire.

1. Voir « Goûts littéraires », p. 11 et la note.
2. Sur Delacroix et Wagner, voir ci-dessus, p. 11.
3. Voir ci-dessous, « L'art de Baudelaire », p. 56.

Si importants qu'apparaissent les problèmes esthétiques dans *les Fleurs du Mal*, il ne semble guère possible de s'y limiter. Le problème du mal, inscrit dans le titre même, est à l'évidence au centre de l'œuvre et nous avons eu maintes fois l'occasion de l'aborder[1]. Mais il faut aller jusqu'au bout : la poésie de Baudelaire est de nature métaphysique et religieuse.

Là où les difficultés commencent, c'est quand on cherche à préciser la nature de cette religion, à définir le Dieu de Baudelaire. Ses propres déclarations n'apportent pas de réponse évidente, car Baudelaire est volontiers paradoxal, violent, sarcastique. Il aime choquer. Il réagit avec exaspération, comme l'atteste ce précieux aveu fait à Sainte-Beuve : « Vous savez que je peux devenir dévot par contradiction, de même que pour me rendre impie il suffirait de me mettre en contact avec un curé souillon. » Ses haines sont largement déterminantes, mais il a aussi des sympathies. Et ce n'est pas un esprit soumis et conformiste. Ajoutons que les complexités, les ambiguïtés, les contradictions contre lesquelles on viendra buter ne manqueront pas d'être significatives et ne peuvent qu'éclairer la personnalité de Baudelaire.

Baudelaire chrétien

Le problème du christianisme des *Fleurs du Mal* s'est posé dès la parution du livre et a curieusement divisé la critique catholique. Le conformiste et pudibond Louis Veuillot crie au scandale. S'il reconnaît à Baudelaire du talent, c'est pour dénoncer une des formes de la perversion du siècle : « Comme tant d'autres, il a été dans sa vie et dans ses œuvres le jouet des égarements de son esprit », écrit-il à la mort du poète. Au nom de l'orthodoxie, c'est une condamnation sans

1. Voir notamment p. 14 et p. 48.

appel. En revanche, il s'est trouvé des contemporains - peu nombreux mais fervents - pour exalter le christianisme très tonique des *Fleurs du Mal*. Le romancier catholique Barbey d'Aurevilly était du nombre.

Plus près de nous, deux arguments très convaincants ont été avancés, notamment par Jean Massin. D'abord, le sens de la charité, qui est très présent dans *les Fleurs du Mal*, nous l'avons vu à propos du thème de « la ville ». L'autre argument est tiré de l'attitude de Baudelaire devant la douleur :

> Soyez béni, mon Dieu, qui donnez la souffrance
> Comme un divin remède à nos impuretés
>
> (*Bénédictions* I)

et, deux strophes plus loin :

> Je sais que la douleur est la noblesse unique
> Où ne mordront jamais la terre et les enfers...

Cette idée que la douleur est régénératrice, qu'elle a un sens, ne peut guère s'expliquer que dans un contexte chrétien. Et elle apparaît souvent dans *les Fleurs du Mal*, notamment dans *le Cygne* (LXXXIX) et dans *Recueillement* (Additions, XIII).

Il est vrai que, comme l'avoue Jean Massin, Baudelaire n'y associe pas le sacrifice du Christ. Et on peut se demander ce qui reste du christianisme quand on en exclut toute idée de Rédemption. Et, sur un autre plan, l'insistance du poète à se proclamer catholique est parfois suspecte, quand il affirme, avec beaucoup de ses contemporains, que Dieu est utile même s'il n'existe pas, qu'il est le support nécessaire de l'ordre social et autres arguments réactionnaires. Baudelaire ici se montre plus clérical que chrétien. Ce « catholicisme théorique » (Georges Blin) repose sur des motivations négatives. Baudelaire a en horreur certaines idées du siècle, et il pense que le catholicisme est une arme pour combattre la foi en la science, en la démocratie, dans le progrès.

Baudelaire manichéen

En revanche, il est passionnant de découvrir à travers *les Fleurs du Mal* une aventure spirituelle d'une extraordinaire qualité. Dans la couche la plus ancienne du livre, on devine un Baudelaire à la recherche de l'unité du monde. Comme nous l'avons remarqué en analysant les *Correspondances*[1], il est séduit par l'idée platonicienne que, au-delà de la discontinuité de nos sensations, le monde est *un* et que le poète a pour mission de retrouver, ou du moins d'approcher cette unité. Selon Arnold[2], le rêve d'unité serait resté la préoccupation constante de Baudelaire, en dépit même des apparences. Si le mal correspond à l'unité perdue, la hantise du mal traduit négativement la permanence du rêve d'unité, comme à travers le spleen s'affirme toujours l'idéal.

Le malheur pour cette thèse est que Baudelaire ait affirmé à plusieurs reprises une pensée fondamentalement dualiste. On sait comment un certain Mani (ou Manès, ou Manichée), d'origine perse, pesa sur le christianisme des premiers siècles en y introduisant le dualisme absolu de la vieille religion perse. Satan devint l'égal de Dieu, la matière fut assimilée au Mal, et la création, sous sa forme présente, apparut comme l'œuvre de Satan. Entre l'esprit et la matière, aucune communication n'est alors concevable. Si Baudelaire, dans *les Fleurs du Mal*, ne nous dit pas qui a créé le monde, en revanche il est bien évident que Satan y règne, « Satan Trismégiste » (en grec : trois fois grand, qualité attribuée au dieu Hermès en tant que maître de la magie et des sciences occultes). Et dans *l'Irrémédiable* (LXXXV) il donne nettement à penser que tout devient logique en ce bas monde dès qu'on se réfère à Satan. Nous venons de voir que les éléments chrétiens des *Fleurs du Mal* n'ont pas de support explicite avec la Rédemption, ce qui se conçoit très bien dans le cadre d'une pensée manichéenne.

On trouverait aisément confirmation du manichéisme des *Fleurs du Mal* dans les poèmes de RÉVOLTE. Il ne suffit pas de constater que *le Reniement de saint Pierre* ne procède pas de l'athéisme. Encore faut-il expliquer le blasphème. Le thème du poème est, très exactement, celui de l'impuissance de Dieu. Il rappelle un peu la croyance musulmane selon laquelle il est impossible que Jésus soit mort sur la croix, ce qui signifierait que Dieu a été tenu en échec. Mais précisément, en ce monde, Dieu est tenu en échec par Satan, qui

1. Voir ci-dessus, pp. 42-43.

2. Paul Arnold, *Le Dieu de Baudelaire*, Paris, Éd. Savel, 1947.

y règne en maître. Jésus s'est donc trompé, et saint Pierre a raison de le renier... Le ton sarcastique d'*Abel et Caïn* procède de la même inspiration. Si Dieu était présent dans les affaires de ce monde (mais il ne l'est pas !), les bons seraient effectivement récompensés et les méchants punis, comme le veut la tradition biblique et puritaine.

Même le comportement amoureux de Baudelaire semble manichéen. Dans *les Fleurs du Mal*, la femme apparaît comme l'agent préféré du Diable, pour autant que sa séduction s'exerce sur les sens. D'où la séparation bien claire établie par Baudelaire, dans sa vie et dans l'ordonnance de ses poèmes, entre l'amour sensuel voué à Jeanne Duval et l'amour pur réservé à Madame Sabatier[1]. S'il est vrai que

> Sa chair spirituelle a le parfum des Anges, (XLII)

les sens ne pouvaient pas avoir leur part à cet amour. C'est sans doute la meilleure preuve que Baudelaire est manichéen, non par doctrine, mais spontanément. Par là sa conception de l'amour rejoint la longue tradition de l'amour courtois, du pétrarquisme[2], de la préciosité, selon laquelle la chair et l'esprit sont inconciliables, et qui aboutissait logiquement à la condamnation du mariage, dont l'Église avait fait pourtant un sacrement.

Baudelaire est assurément plus proche de l'hérésie manichéenne que du christianisme orthodoxe.

1. Sur Jeanne Duval et Madame Sabatier, voir ci-dessus, pp. 8-9.

2. Le poète italien Pétrarque (1304-1374) a notamment chanté, en termes d'adoration, l'amour de Laure. Cette forme d'amour idéalisé exercera une grande influence à l'époque de la Renaissance, en France et dans le reste de l'Europe.

L'art des *Fleurs du Mal*

5

ANTÉCÉDENTS

Où chercher la naissance d'un art, sinon dans les influences immédiates ? Baudelaire a grandi à l'ombre des premiers romantiques. Pourtant il faut s'attendre, du côté des romantiques français, à des résultats décevants. L'élégie lamartinienne n'était pas son fait, et moins encore la déploration de Musset. Ce domaine lui est bien étranger. Avec l'art de Vigny la comparaison est plus tentante, mais on peut douter qu'une communication véritable se soit établie entre les deux poètes. Dans la formation de Baudelaire, Hugo est certes présent : son vers est frappé fort, et d'une sonorité conquérante. Mais comment ne pas deviner, chez le jeune Baudelaire, des réactions ambiguës ? Par tempérament, il tend à s'éloigner de la rhétorique du premier Hugo (alors que sa sympathie sera grande, en dépit des divergences de pensée, avec le Hugo visionnaire de l'exil). Le poète de la génération romantique qui a exercé sur Baudelaire une influence décisive, c'est celui-là même auquel il dédiera *les Fleurs du Mal* : Théophile Gautier.

Les emprunts de Baudelaire à Gautier ont été depuis longtemps relevés par la critique[1], presque toujours pour en montrer le caractère formel. Ils sont nombreux et divers. L'inspiration macabre d'un poème comme *les Métamorphoses du Vampire* (pièces condamnées, VII) vient en droite ligne de l'*Albertus* de Gautier. Mais quand on lit *Un voyage à Cythère* (CXVI), on sent passer un frisson qui n'est pas chez Gautier... Personne, au demeurant, n'a songé à enfermer *les Fleurs du Mal* dans les limites d'*Émaux et Camées*. L'inspiration de Baudelaire a infiniment plus de puissance. Sa *sorcellerie évocatoire* est plus efficace aussi.

1. Voir notamment, dans le *Baudelaire* d'Henry Dérieux, paru en 1917, le chapitre : « Sa plastique et ses rapports avec Théophile Gautier. »

C'est par Gautier aussi que Baudelaire a pu connaître *les grotesques*, ces non-conformistes du XVIIe siècle que nous rattachons aujourd'hui à l'art baroque[1]. Il n'est pas douteux que le contact avec un poète comme Saint-Amant[2] ait aidé Baudelaire à prendre conscience de certaines tendances de son art. Le contraste violent qui se poursuit tout au long d'*Une charogne* (XXIX) procède moins de l'esthétique romantique que d'une tradition baroque que Baudelaire a parfaitement assimilée. Baroques encore (et tellement proches de la manière de Saint-Amant !) *Bohémiens en voyage* (XII) et *A une mendiante rousse* (LXXXVIII). Mais il faut aller plus loin. On découvre d'un bout à l'autre des *Fleurs du Mal* tout un vocabulaire, toute une gamme d'images qu'on a parfois très imparfaitement qualifiés de « réalistes » et qui, dans leur contexte de brusquerie, sont très exactement baroques.

> Et nous alimentons nos aimables remords,
> Comme les mendiants nourrissent leur vermine.

Mais sous ce rapport l'avis AU LECTEUR devrait être cité presque en entier. Les mots *(lésine, puer, helminthes, riboter)*, les comparaisons, les énumérations, le mouvement même des strophes sont autant d'invitations à une lecture baroque des *Fleurs du Mal*.

LES FORMES POÉTIQUES

Le poème court

Si l'on admet le critère retenu par Antoine Adam pour rejeter des *Fleurs du Mal* dédicaces, traductions et autres œuvres de circonstance, le livre définitif, intégrant l'édition de 1868 et les pièces condamnées, comporterait 150 poèmes. Sur ce nombre, neuf seulement atteignent ou dépassent 60 vers (ce qui correspond à 15 quatrains), deux seulement ont plus de

1. Sur l'art baroque, voir chapitre 1, p. 11, et la note, ainsi que p. 32, « De la mélancolie au spleen ».

2. Saint-Amant (1594-1661) prônait, face à Boileau, la liberté de l'art. Il a excellé dans des styles variés, allant du réalisme au fantastique, et méprisait la « mesure » chère aux classiques.

100 vers. Le plus long poème écrit par Baudelaire, *le Voyage* (CXXVI), comprend 144 vers. Encore faut-il remarquer qu'il est composé de huit parties, dont aucune certes n'est autonome, mais le morcellement prévient tout effet de masse. Et, de toute évidence, un poème de cette dimension serait, dans l'œuvre de Victor Hugo, un poème court.

Si l'on aborde le problème par l'autre bout, le compte est encore plus significatif. Sur les 150 poèmes des *Fleurs du Mal*, 89 ne dépassent pas 20 vers. Parmi eux, on recense 68 sonnets.

Baudelaire pouvait faire sienne cette proclamation d'Edgar Poe : « Je tiens qu'un long poème, cela n'existe pas. » Pour lui, il n'y a d'art que dans l'effet de raccourci. La poésie doit aller à l'essence des choses, elle n'est pas faite pour raconter.

Le poème structuré

Un poème de Baudelaire n'est pas seulement court : il est composé. Il a besoin des structures rythmiques de la strophe.

Sur les 150 poèmes, 17 seulement sont écrits en vers suivis. Il s'agit, dans la plupart des cas, de pièces anciennes, et peu figurent parmi les créations les plus prestigieuses du poète. Ce ne sont pas, pour autant, de longs poèmes. Baudelaire a pu parfois recourir à un style narratif.

Voyons le détail : 51 poèmes des *Fleurs du Mal* sont structurés en quatrains (31 en alexandrins, 13 en octosyllabes, 1 en vers de sept pieds, 4 selon des combinaisons de 12+8, 1 de type 8+5, 1 de type 7+3). Mais, tout autant que la longueur des vers, il importe de considérer la disposition des rimes : 18 ont des rimes embrassées (de type *abba*), 28 des rimes croisées (de type *abab*) et 5 des rimes dites plates ou suivies (de type *aabb*). On notera que, dans ce dernier cas, la strophe n'est plus qu'un découpage arbitraire : en fait, l'oreille ne la perçoit plus, à moins d'introduire un élément de rupture, comme le fait Baudelaire dans le poème LXXXVIII, *A une mendiante rousse* :

> Blanche fille aux cheveux roux,
> Dont la robe par ses trous
> Laisse voir la pauvreté
>   Et la beauté...

Faute d'alternance des rimes, c'est la chute du rythme sept en rythme quatre qui marque la succession des quatrains.

Neuf poèmes sont écrits en strophes de 5 vers. De cette structure impaire, Baudelaire a tiré deux sortes d'effets. Dans le premier cas, qui est celui de *La chevelure* (XXIII), nous avons réellement affaire à une strophe de 5 vers :

> Ô toison, moutonnant jusque sur l'encolure !
> Ô boucles ! Ô parfum chargé de nonchaloir !
> Extase ! Pour peupler ce soir l'alcôve obscure
> Des souvenirs dormant dans cette chevelure,
> Je la veux agiter dans l'air comme un mouchoir !

L'oreille, plus habituée au rythme du quatrain, s'attend à un jeu de rimes croisées de type *abab*, mais le deuxième *b* est reculé d'un rang, pour faire place à une troisième rime *a*. Il en résulte un effet d'allongement, de plus grande amplitude, et le moment est retardé où l'harmonie est close par l'inévitable retour de la rime *b*. On trouvera la même structure *abaab*, mais en octosyllabes, dans *Madrigal triste* (Additions..., VII).

Dans l'autre cas, la strophe de 5 vers est obtenue par la répétition, en cinquième position, du premier vers :

> Emporte-moi, wagon ! enlève-moi, frégate !
> Loin, loin ! ici la boue est faite de nos pleurs !
> - Est-il vrai que parfois le triste cœur d'Agathe
> Dise : Loin des remords, des crimes, des douleurs,
> Emporte-moi, wagon, enlève-moi, frégate ?

Dans cette strophe de *Mœsta et errabunda* (LXII), la répétition est d'autant plus subtile que le propos répété est prêté à deux personnages différents, le poète et Agathe. Qu'on ait affaire, comme ici ou dans *Lesbos* (Pièces condamnées, II), à une structure *ababa* ou, comme dans *Réversibilité* (XLIV), à une structure *abbaa*, il s'agit non plus d'un effet de retardement, mais de répétition, qui est très différent.

Il a utilisé d'autres strophes aussi, et notamment celle de 6 vers, ou sixain, mais, notons-le, jamais sous la forme, pourtant chère aux romantiques, dont *Tristesse d'Olympio*[1] nous fournit l'exemple :

1. Le poème XXXIV des *Rayons et les ombres* de Victor Hugo.

Les champs n'étaient point noirs, les cieux n'étaient pas [mornes ;
Non, le jour rayonnait dans un azur sans bornes
Sur la terre étendu,
L'air était plein d'encens et les prés de verdures
Quand il revit ces lieux où par tant de blessures
Son cœur s'est répandu.

Cette structure composée de deux couples d'alexandrins séparés par deux hexasyllabes est particulièrement favorable aux effets déclamatoires. C'était suffisant pour que Baudelaire, d'instinct ou délibérément, la rejette.

En revanche, une forme poétique est fort représentée dans *les Fleurs du Mal :* celle du sonnet.

Variations sur le sonnet

D'origine provençale ou italienne, le sonnet a été particulièrement illustré au XIVe siècle en Italie par Pétrarque et largement pratiqué au XVIe siècle en France par Ronsard, du Bellay et les poètes de la Pléiade. Il est fort prisé à l'époque classique et son prestige est demeuré grand au XIXe siècle.

De toutes les formes fixes, le sonnet est non seulement la plus célèbre, mais aussi la plus exigeante. Les règles en sont rigoureuses. Un sonnet se compose de deux quatrains et de deux tercets (quatorze vers au total). Les deux quatrains d'une part, les deux tercets de l'autre, doivent recourir au même jeu de deux rimes. Les rimes des deux quatrains sont embrassées. Un sonnet régulier répond donc au schéma *abba, abba, ccd, ede.* On en trouvera un exemple très rigoureux dans *Parfum exotique* (XXII). Mais il y en a peu de ce genre dans *les Fleurs du Mal.*

En regard de ces règles strictes, la plupart des sonnets des *Fleurs du Mal* sont irréguliers. Encore y a-t-il des degrés. Parfois, Baudelaire se borne à modifier l'ordre des rimes dans les tercets (comme dans *la Vie antérieure*, XII, ou *Épigraphe pour un Livre condamné*, Additions, I) ; ou dans les quatrains : les rimes sont croisées *(abab)* et non plus embrassées *(abba)*, comme dans *Recueillement* (Additions, XIII) ou *la Mort des Amants* (CXXI). Ces irrégularités mineures, qui sont très fréquentes, ne mettent pas en cause la structure du sonnet. Elles en élargissent les possibilités, puisque l'oreille est sensible aux changements de rythme dans les quatrains et aux différents modes de « chute » dans les tercets.

Mais une irrégularité plus importante est aussi souvent pratiquée par Baudelaire : les deux quatrains sont construits sur des rimes différentes. Citons comme exemples *les Chats* (LXVI), *les Aveugles* (XCII) ou *A une passante* (XCIII). Il ne s'agit pas seulement d'une facilité que s'accorde le poète : l'effet de stabilité que crée le retour des mêmes rimes sur deux quatrains est rompu.

La place privilégiée faite au sonnet dans *les Fleurs du Mal* pose un problème intéressant. Délibérément Baudelaire recourt à la forme la plus contraignante et, à l'intérieur de ce cadre strict, il use de toutes les libertés. Par là son art associe tradition et modernité, respect des contraintes et novation créatrice. C'est en tout cas dans *les Fleurs du Mal*, beaucoup plus que dans *les Trophées* d'Hérédia (qui pourtant s'en était fait une spécialité), que les possibilités du sonnet ont été le mieux explorées et accomplies.

Mais un autre aspect mérite tout particulièrement notre attention. Contrairement à la technique d'Hérédia dans ses *Trophées* et aussi à une tradition fort ancienne, les sonnets des *Fleurs du Mal* ne sont pas écrits pour le dernier vers. C'est en ce sens que Proust avait noté « la fin de ces pièces, brusquement arrêtées, les ailes coupées, comme s'il n'avait pas la force de les continuer, lui qui faisait voler son char dès l'avant-dernier vers dans l'immense arène »[1]. Certes, cela veut dire que Baudelaire n'a pas la puissance créatrice de Hugo, cette force qui emporte tout... Aussi bien, Hugo n'écrit pas de sonnets. Mais cela signifie avant tout que Baudelaire répugne à justifier un sonnet par l'effet final. C'est vrai pour le sens comme pour le son : il est rare que le vers qui donne la clé du poème soit le dernier. Plutôt que de chercher un effet d'orchestration ascendant ou descendant, Baudelaire s'attache volontiers à la modulation de la note. Parfois, il achève d'un coup sec, comme dans *l'Idéal* (XVIII) :

1. Marcel Proust, *Contre Sainte-Beuve*, ch. X (« Sainte-Beuve et Baudelaire »), Éd. Gallimard, coll. Idées, p. 223.

Ou bien toi, grande Nuit, fille de Michel-Ange,
Qui tors paisiblement dans une pose étrange
Tes appas façonnés aux bouches des Titans !

Parfois, comme dans *la Vie antérieure* (XII), l'harmonie accompagne longuement

Le secret douloureux qui me faisait languir.

L'art du refrain : le pantoum

Le sonnet est donc la « forme fixe » que Baudelaire a privilégiée. On serait même tenté de dire : la seule, s'il n'y avait une exception, unique et brillante, le pantoum. Il ne s'agit pas d'une forme française traditionnelle, comme le lai, le rondeau ou la ballade, mais d'une très récente importation malaise, dont Victor Hugo semble le premier à avoir fait mention en 1829 dans les notes des *Orientales*. Théodore de Banville et Leconte de Lisle s'y sont essayés, sans parler du *Pantoum négligé* de Verlaine *(Jadis et naguère)*. Mais la plus belle illustration que nous en ayons reste l'unique pantoum que Baudelaire ait composé, *Harmonie du soir* (XLVII).

Les règles du pantoum (que Verlaine traite avec une grande désinvolture) sont très exigeantes. La longueur du poème n'est pas fixée ; c'est plutôt la difficulté - et aussi l'effet attendu - qui limitent le nombre des quatrains. Les rimes sont croisées *(abab)* et les deuxième et quatrième vers de chaque strophe deviennent les premier et troisième de la strophe suivante. Il en résulte évidemment que le poème entier est construit sur deux rimes.

Voici venir les temps où vibrant sur sa tige
Chaque fleur s'évapore ainsi qu'un encensoir ;
Les sons et les parfums tournent dans l'air du soir ;
Valse mélancolique et langoureux vertige !

Chaque fleur s'évapore ainsi qu'un encensoir ;
Le violon frémit comme un cœur qu'on afflige ;
Valse mélancolique et langoureux vertige !
Le ciel est triste et beau comme un grand reposoir.

Le mouvement se poursuit sur quatre strophes. Comme on peut le constater, la seule liberté qu'ait prise Baudelaire avec les règles strictes du pantoum, c'est que les rimes sont embrassées *(abba)* et non croisées *(abab)*. Il s'agit donc d'un pantoum « irrégulier », mais nullement « négligé », car il y a adéquation parfaite entre les exigences du genre et l'harmonie particulière au poème. Le choix des rimes (*-ige* et *-oir*) est particulièrement suggestif. Et leur retour, doublé ici du retour des mots, nous enferme dans cet univers cyclique qui a les formes, les couleurs, les sons et les parfums du bonheur... un bonheur teinté de mélancolie, puisqu'il est déjà au passé, illuminé par le souvenir de Madame Sabatier.

Cette réussite exceptionnelle, liée à la forme du pantoum, possède, outre son mérite propre, celui de nous révéler un procédé très significatif. Obsédé par le mythe du retour (retour à l'enfance, à l'âge d'or, à « la vie antérieure »)[1], le poète des *Fleurs du Mal* s'est orienté vers une expression poétique capable de le traduire dans un langage et dans une musique. Ainsi peut-on expliquer le fréquent recours, sous des formes diverses, à la répétition, au refrain.

L'art du refrain : faux quintils et litanies

Nous avons remarqué[2] que dans *les Fleurs du Mal* les strophes de cinq vers, ou quintils, sont souvent des quatrains accrus de la répétition du premier vers. *Mœsta et errabunda* (LXII), dont nous avons cité une strophe, en est un bon exemple. L'un de ces faux quintils, *Réversibilité* (XLIV), ajoute au refrain propre à chaque strophe une formule invocatoire : « Ange plein de »... qui est commune à toutes les strophes, suivie de sa formulation spécifique. Cette répétition avec variantes constitue, dans tous les sens du terme, une litanie. Elle est à la fois obsession et prière. Elle ponctue la distance entre la misère où gît le poète et la zone de lumière où se meut l'objet de son culte. Elle est amplifiée par l'effet d'accumulation du dernier vers.

Mais le refrain est parfois détaché de la strophe. Dans *l'Invitation au Voyage* (LIII) où les strophes de douze vers

1. Voir ci-dessus, « Thèmes baudelairiens », pp. 23-26.

2. Voir ci-dessus, p. 58.

sont de structure complexe[1], le refrain promu à l'autonomie marque par trois fois une pause où s'exprime le bonheur :

> Là, tout n'est qu'ordre et beauté,
> Luxe, calme et volupté.

Ailleurs, la litanie s'identifie au poème, et pour exprimer, non le bonheur, mais le blasphème :

> Race d'Abel, tu croîs et broutes
> Comme les punaises des bois !
>
> Race de Caïn, sur les routes
> Traîne ta famille aux abois.
>
> (*Abel et Caïn*, CXIX)

Le parallélisme est ainsi tenu rigoureusement au long de seize invocations de deux vers.

Dans le même chapitre RÉVOLTE, le poème suivant (CXX) a pour titre *les Litanies de Satan*. La longue série des distiques[2] invocatoires est invariablement ponctuée par l'obsédant appel :

> Ô Satan, prend pitié de ma longue misère !

qui rime interminablement avec lui-même.

Les colères de l'octosyllabe

Les possibilités du langage poétique ne dépendent pas uniquement de la structure des strophes. La métrique[3] aussi y a sa part. Si, dans *les Fleurs du Mal*, la prédominance de l'alexandrin est écrasante, l'usage de l'octosyllabe[4] reste important, puisqu'il apparaît à l'état pur dans 29 poèmes et dans 9 autres en combinaison avec d'autres mètres.

On a dit que l'octosyllabe était le mètre le plus approprié à la langue française, qu'il était aussi le plus proche du

1. Pour l'étude de cette structure, voir ci-dessous, p. 69.
2. Un distique est un groupement de deux vers.
3. La métrique ou prosodie est la science des « mètres » ou « pieds » du vers (nombre, mouvement rythmique, effets...).
4. Octosyllabe : vers de huit syllabes.

rythme naturel de la conversation. Les deux observations vont dans le même sens et se vérifient assez bien dans *les Fleurs du Mal*, si l'on veut bien entendre par « rythme naturel » une conversation quelque peu passionnée.

L'octosyllabe nous interpelle. À cet égard l'*Épigraphe pour un livre condamné*, qui constituait une sorte de préface à la troisième édition des *Fleurs du Mal*,

> Âme curieuse qui souffres
> Et vas cherchant ton paradis,
> Plains-moi !... Sinon je te maudis !

prend le lecteur plus directement à partie que le premier avis AU LECTEUR :

> Hypocrite lecteur - mon semblable -, mon frère !

plus long et plus explicatif, et composé en alexandrins plus solennels.

L'octosyllabe exprime aussi l'invective. Nous venons de noter la violence d'*Abel et Caïn* (CXIX) : elle prend le rythme de l'octosyllabe. C'est encore le nombre 8 qui scande les accents sado-masochistes d'un poème par ailleurs si riche de sens, *l'Héautontimoroumenos*[1] (LXXXIII) :

> Je te frapperai sans colère
> Et sans haine, comme un boucher...

Dans *l'Examen de Minuit* (Additions... VI) il préside au défilé des fautes, jusqu'au moment où le dégoût l'emporte :

> - Vite, soufflons la lampe, afin
> De nous cacher dans les ténèbres !

AFFINITÉS

Il était important de considérer les diverses formes poétiques rencontrées dans *les Fleurs du Mal*. Mais la poésie se définit aussi - et surtout - par un certain ton qui appartient à tel ou tel poète et à lui seul. A lui seul ? C'est peut-être un peu vite dit... Car les comparaisons sont parfois éclairantes, quand elles révèlent des influences, subies ou exercées, ou simplement des affinités, conscientes ou non.

1. Sur le sens du poème, voir ci-dessus, p. 48.

Un Baudelaire racinien

Marcel Proust a noté, dans son essai *Contre Sainte-Beuve*, la fréquence des vers raciniens dans *les Fleurs du Mal* et il loue l'incomparable harmonie des alexandrins de Baudelaire, « les grands vers flamboyants *comme des ostensoirs* qui sont la gloire de ses poèmes[1] ».

On peut qualifier de « racinienne » une harmonie d'une fluidité si parfaite que le plaisir de l'oreille se mesure, non à la perception des effets cherchés, mais à son aptitude à les faire oublier. Ainsi

> Le secret douloureux qui me faisait languir
>
> (*la Vie antérieure*, XII)

n'est pas seulement racinien parce que Racine a excellé à exprimer des états de langueur, mais parce que le vers déploie une harmonie étale, et qui se prolonge. L'ondulation est plus accusée dans ce vers du *Cygne* (LXXXIX) :

> Ce Simoïs menteur qui par vos pleurs grandit
> 1 2 3 4 5 6 / 1 2 3 4 5 6

racinien sans doute par l'allusion à Andromaque et la pointe de préciosité qui s'y cache, mais surtout par l'effet sonore : il y a quatre syllabes accentuées dans le vers, en position 4 et 6, avec un ton plus fort sur le 6 (l'un à la fin du premier hémistiche, l'autre à la fin du vers). Dans les deux hémistiches, la structure est la même, avec les mêmes sons *i* et *eur*, mais inversés : *i/eur//eur/i*.

Dans ce vers tiré des *Phares* (VI), où est évoqué le témoignage des créateurs qui, sous forme « d'ardent sanglot », traverse les siècles

> Et vient mourir au bord de votre éternité,
> 1 2 3 4 5 6 / 1 2 3 4 5 6

la musique est ascendante, avec appui sur trois accents (2, 4, 6) dont les deux derniers en *ir* et en *or*, puis descendante, sans aucun relais (puisque le second hémistiche n'a d'autre accent que le 6) jusqu'au *-té* final.

1. P. 215 de l'édition Gallimard, coll. Idées. La formule en italique est tirée d'un vers d'*Harmonie du soir* (XLVII) :

> Ton souvenir en moi luit *comme un ostensoir.*

Le pantoum entier serait à citer comme exemple d'harmonie « racinienne ».

Racinien encore, ce vers de *Bénédiction* (I) :

> Mais les bijoux perdus de l'antique Palmyre,

d'abord grâce à la magie des noms grecs, qui opère ici comme dans :

> La fille de Minos et de Pasiphaé

de la *Phèdre* de Racine ; mais c'est la phonétique qui donne la clef : les quatre syllabes qui portent les accents *ou*, *u*, *i*, *i* sont non seulement très proches dans l'échelle sonore des voyelles, mais en situation progressive, puisque *u* est intermédiaire entre *ou* et *i*.

Quant à cet alexandrin plus long que nature par quoi s'achève *Recueillement* (Additions... XIII) :

> Entends, ma chère, entends la douce Nuit qui marche,
> 1 2 3 4 5 6 / 7 8 9 10 11 12

on comprend son exceptionnelle densité en constatant que, au lieu des quatre syllabes ordinairement accentuées, il en comporte six, exactement une sur deux. C'est un rythme de caractère binaire, comparable aux iambes (υ-) des poésies grecque et latine, avec les temps forts sur les éléments pairs. Ce vers de grande amplitude, parsemé de voyelles sourdes, suggère fort bien le bruit et le mouvement d'une marche dans la nuit.

En somme, le côté racinien de Baudelaire correspond à la recherche d'harmonies très pures, exemptes de toute dissonance. Mais son art présente bien d'autres aspects.

Baudelaire parnassien

Lorsque le souci de perfection aboutit, non plus à une symphonie, mais à la pureté des formes, ou si l'on veut lorsque la poésie tient moins de la musique que de la sculpture, c'est à d'autres rapprochements que l'on songe. Et Baudelaire nous a lui-même engagés dans cette voie en faisant dire à *La Beauté* (XVII) :

> Je suis belle, ô mortels ! comme un rêve de pierre,

et surtout :

> Je hais le mouvement qui déplace les lignes.

La structure même de certains vers des *Fleurs du Mal*, en dehors de toute affirmation doctrinale, suscite la comparaison avec Leconte de Lisle et ses successeurs du Parnasse. Ainsi :

> La froide majesté de la femme stérile
>
> (XXVII)

où la symétrie adjectif + nom, nom + adjectif, renforcée ici par l'allitération en *f* (*f*roide, *f*emme), est tout à fait significative. On n'a pas manqué non plus d'annexer au Parnasse les très célèbres *Chats* (LXVI) sans doute à cause

> Des grands sphinx allongés au fond des solitudes,

non sans poser aussitôt un problème. Les prunelles « mystiques » qui, au dernier vers, s'étoilent « vaguement » semblent rapprocher Baudelaire plus d'Edgar Poe que des Parnassiens. Encore faut-il y regarder de près. Si le « vague » est peu parnassien, un certain mysticisme « païen » a pu, à un certain moment du moins, être commun à Leconte de Lisle et à Baudelaire[1]. Et assurément, quand on parle d'un Baudelaire « parnassien », il faut songer davantage à Leconte de Lisle qu'à l'art plus exclusivement formel de José-Maria de Heredia.

Baudelaire hugolien

Le problème des rapports entre Hugo et Baudelaire a été plusieurs fois évoqué au cours de cette étude. Le prestige du vers hugolien ne pouvait pas être étranger au poète des *Fleurs du Mal*.

Quand Baudelaire écrit à propos du poète, dans *l'Albatros* (II) :

> Ses ailes de géant l'empêchent de marcher,

comment ne pas songer à une forme d'expression chère à Hugo quand il ose évoquer

> Un affreux soleil noir d'où rayonne la nuit.
>
> (*les Contemplations*, « Ce que dit la bouche d'ombre »)

1. Sur la période « païenne » de Baudelaire, voir ci-dessus, p. 25.

Car il y a chez Baudelaire une formidable antithèse : la grandeur qui empêche, la puissance devenue obstacle ; une situation éminemment dramatique : la noblesse de l'esprit tombée en dérision, et finalement la foncière inaptitude du poète à se mouvoir dans ce bas monde.

Dans un poème dédié précisément à Victor Hugo, *les Petites Vieilles* (XCI) :

Sur qui pèse la griffe / effroyable de Dieu,

Baudelaire n'illustre pas seulement le thème cher à Hugo de l'amour des humbles, il écrit un vers très hugolien dans sa structure. De même, lorsque dans *Obsession* (LXXIX) il nous dit à propos du « rire amer de l'homme vaincu » :

Je l'entends dans le rire / énorme de la mer

il recourt à un procédé très caractéristique : l'adjectif postposé après la césure opère une sorte d'enjambement interne. La voix marquant naturellement un arrêt après l'accent du sixième pied (place habituelle de la césure dans un alexandrin), l'épithète est soulignée. Ainsi, chez Hugo, dans *le Satyre* de *la Légende des Siècles*,

la terre joyeuse
Regarde la forêt / formidable manger.

On remarquera que les adjectifs mis de cette façon en valeur par Baudelaire *(effroyable, énorme)* sont eux-mêmes très hugoliens : peut-être n'est-ce pas un hasard.

Quant à la postposition de l'adjectif après le sixième pied, on en trouverait chez Hugo des centaines d'exemples significatifs. D'une façon générale, les techniques de Hugo sont très présentes dans *les Fleurs du Mal*, et souvent à l'état diffus, cela pour plusieurs raisons. Hugo constituait, pour Baudelaire, le modèle le plus abondant, le plus prestigieux, le plus envahissant. Hugo (celui de l'exil) est aussi le poète dont Baudelaire se sent, secrètement et profondément, le plus proche. Mais par là même, Hugo était aussi le modèle dont il importait de se défendre : c'est en partie contre lui que Baudelaire se devait de cultiver sa propre originalité. On peut penser qu'il aurait usé davantage de l'antithèse (si conforme à ses tendances manichéennes), s'il n'avait vu là un modèle à éviter.

Baudelaire verlainien

Il s'agit là, non d'un ancêtre ou même d'un contemporain, puisque les premiers poèmes de Verlaine datent tout juste des derniers écrits de Baudelaire. Si influence il y a eu, c'est de Baudelaire qu'elle vient, et c'est Verlaine qui l'a subie. Disons qu'on trouve parfois dans *les Fleurs du Mal* un certain ton et un certain rythme qui annoncent ce que sera l'art de Verlaine.

L'art de Verlaine consistera, à l'opposé de la netteté des contours chère aux Parnassiens, à cultiver le flou, le vague, ce qui est suggéré plutôt que dit - et qui en peinture correspond au style impressionniste. Quand Baudelaire écrit :

> Vous êtes un beau ciel d'automne, clair et rose,
>
> (*Causerie,* LV)

nous entrons déjà dans un univers de tons pastel, d'assimilations imprécises mais suggestives (une femme *est* un ciel d'automne) par l'effet d'un alexandrin si fluide qu'on a peine à en distinguer les temps forts. Mieux encore : dans l'étrange sonnet inversé[1] *Bien loin d'ici* (Additions... X), Baudelaire nous introduit dans *Les fêtes galantes* de Verlaine avec jets d'eau, bassins qui pleurent et où même

> Des fleurs se pâment dans un coin.

Pour traduire le flou, Verlaine préconisera (sans évidemment en faire un usage exclusif) le rythme impair :

> Plus vague et plus soluble dans l'air.
>
> (*Jadis et Naguère,* « Art poétique »)

Chez Baudelaire, les admirables strophes[2] de *l'Invitation au Voyage* doivent leur réussite à une combinaison de vers de sept et cinq syllabes. Il y a un curieux accord entre ces rythmes, le rêve hollandais et la « lumière verdâtre » des yeux de Marie Daubrun. Il ne suffit pas de dire que Marie Daubrun a suscité chez Baudelaire des états d'âme « préverlainiens ». En fait, Baudelaire a, de façon occasionnelle mais remarquable, ouvert à la poésie une voie dans laquelle s'illustrera Verlaine.

1. Sur les « irrégularités » du sonnet, voir ci-dessus, pp. 59-61.
2. Voir ci-dessus, p. 27-28.

Baudelaire baudelairien

Mais il convient de considérer ces comparaisons comme autant d'approches du génie de Baudelaire, dans son extraordinaire diversité. Telle est bien l'idée qui a présidé à cette étude. Il y a un accent baudelairien, au-delà de toutes les parentés.

On trouve dans *les Fleurs du Mal* un extraordinaire jeu de couleurs. Parfois - faut-il dire rarement ? - ce sont celles du bonheur, des couleurs tendres :

> Un soir fait de rose et de bleu mystique
>
> (*la Mort des Amants,* CXXI)

ou heureuses parce qu'elles sont rêvées :

> Des nappes d'eau s'épanchaient, bleues,
> Entre des quais roses et verts.
>
> (*Rêve parisien,* CII)

Souvent, ce sont celles du froid, pas forcément sous l'aspect du blanc lunaire comme le pense Sartre, mais parce que le froid a mué les couleurs de vie en couleurs de mort, comme dans *Chant d'automne* (LVI) :

> Et, comme le soleil dans son enfer polaire,
> Mon cœur ne sera plus qu'un bloc rouge et glacé.

Dans *les Phares* (VI), le rouge sang est associé au vert sombre :

> Delacroix, lac de sang hanté des mauvais anges,
> Ombragé par un bois de sapins toujours vert...

Mais la théorie des correspondances[1] impliquait l'association des couleurs, des parfums et des sons et il eût été étonnant que la pratique des *Fleurs du Mal* ne vînt étayer la théorie. Dans *la Vie antérieure* (XII), les houles mêlaient :

> Les tout-puissants accords de leur riche musique
> Aux couleurs du couchant reflété par mes yeux.

Mais Baudelaire semble privilégier l'association des sons et des parfums :

> Comme d'autres esprits voguent sur la musique,
> Le mien, ô mon amour ! nage sur ton parfum.
>
> (*la Chevelure,* XXIII)

1. Sur les correspondances, voir ci-dessus, pp. 42-43.

Parfois, tous les sens sont associés, comme dans ces vers d'*Un voyage à Cythère* (CXVI) où, dans l'attente de la vision horrible qu'il nous prépare, le poète évoque l'île heureuse

> Où les soupirs des cœurs en adoration
> Roulent comme l'encens sur un jardin de roses.

Souvent, l'image est liée à un seul sens, mais avec une puissance d'évocation considérable. Ainsi, *Chant d'Automne* (LVI) est né d'une unique sensation sonore : le bruit du bois de chauffage déchargé dans les cours avant l'hiver. L'image grandit, s'amplifie jusqu'au quatrain qui termine la première partie du poème :

> Il me semble, bercé par ce choc monotone,
> Qu'on cloue en grande hâte un cercueil quelque part.
> Pour qui ? - C'était hier l'été ; voici l'automne !
> Ce bruit mystérieux // sonne / comme un départ.
> 1 2 3 4 5 6 1 2 3 4 5 6

L'approche de la fin est magnifiquement orchestrée, avec un effet de rupture du rythme à l'avant-dernier vers. Mais dans le dernier vers, quel mouvement ! Deux accents (2 et 6) relativement espacés dans le premier hémistiche, avec mouvement ascendant ; deux accents encore dans le second, mais espacés à l'extrême (1 et 6) : « sonne » est très détaché, comme si tout le vers basculait autour de ce septième pied, puis c'est une longue suite indivisible jusqu'au claquement final.

Dans le dernier des SPLEEN (LXXVIII), c'est un déchaînement sonore (la fureur des cloches) qui précède une obsession visuelle (le défilé des corbillards) ; puis nous assistons à la défaite de l'Espoir (avec majuscule) et, nous dit le poète,

> l'Angoisse atroce, despotique,
> Sur mon crâne incliné plante son drapeau noir.

Ce « drapeau noir » est le dernier terme d'un decrescendo joué par des cuivres et conclu sur une note très basse. Mais c'est une image très voyante, sans doute plus baudelairienne que nature. On imagine le parti irrespectueux qu'en tirerait aujourd'hui un caricaturiste ou, mieux encore, un agent publicitaire... Cette puissance de l'image, jusqu'à l'outrance obsessionnelle, n'est-elle pas un aspect de la modernité des *Fleurs du Mal* ?

6 Modernité des *Fleurs du Mal*

Entre les tirages confidentiels dont Baudelaire (malgré le scandale du procès) a dû se contenter de son vivant et la place que tiennent aujourd'hui *les Fleurs du Mal* dans notre culture, l'écart est immense. L'œuvre a conquis un large public sans s'être départie de ses vertus aristocratiques. Elle est entrée dans les programmes scolaires tout en conservant un air de provocation. Elle a pris en vieillissant le bouquet des meilleurs crus sans avoir perdu, après plus d'un siècle, la saveur acide de la modernité.

La raison est claire : si on remonte les multiples courants de la poésie moderne, on retrouve toujours, d'une certaine façon, *les Fleurs du Mal* à la source.

« Donner un sens plus pur... »

Évoquant en 1924 la *Situation de Baudelaire*, Paul Valéry notait que « *les Fleurs du Mal* ne contiennent ni poèmes historiques ni légendes ; rien qui repose sur un récit », ni tirades philosophiques ou politiques. La poésie devient ainsi un art autonome, dont la sorcellerie évocatoire s'est affranchie du discours propre à la prose.

C'est aussi le but que Mallarmé a assigné à la poésie, notamment dans un vers célèbre du *Tombeau d'Edgar Poe* :

> Donner un sens plus pur aux mots de la tribu.

Les « mots de la tribu » ne sont autres que le langage ordinairement utilisé dans la société où l'on vit. Ce langage a évidemment une fonction utilitaire : celle que découvre Monsieur Jourdain en même temps que l'usage de la prose. La poésie recourra elle aussi à ce vocabulaire de tous les jours : il ne s'agit donc pas, comme chez les classiques, de lui réserver les mots « nobles » à l'exclusion des mots vulgaires. Mais elle leur donnera « un sens plus pur », ce qui signifie deux choses. D'abord, ce langage est gratuit (la poésie, dira Valéry, est à la prose ce que la danse est à la marche). Enfin, la poésie ne prend pas les mots dans leur acception courante - celle du dictionnaire. Elle privilégie des connotations plus rares, suggérées par le contexte ou provoquées par le son.

C'est ainsi que Mallarmé, puis Valéry, ont revendiqué l'héritage de Baudelaire pour concevoir une poésie toute pétrie d'intelligence, plutôt difficile d'accès, aussi distincte que possible du discours de la prose ; un art dense et élaboré qui n'a d'autre justification que lui-même.

C'est aussi en s'inspirant de tels principes que plus récemment la critique structuraliste a approché l'œuvre de Baudelaire. Dans leur célèbre commentaire des *Chats*[1], Jakobson et Lévi-Strauss négligent systématiquement ce qui s'apparente au sens du poème pour s'attacher uniquement à la part formelle du langage poétique : allitérations, effets rythmiques, jeux sonores...

Le poète est un « voyant »

D'autres, comme Arthur Rimbaud, ont voulu voir dans *les Fleurs du Mal* une toute nouvelle approche du mystère du monde. Ce n'est pas que Rimbaud ait minimisé l'importance du jeu verbal en poésie. Mais, pour lui, l'éruption des couleurs et la fulgurance des images sont le signe d'une quête plus profonde et sans doute aussi le moyen d'atteindre « ce que l'homme a cru voir », autrement dit d'ouvrir à la poésie des domaines nouveaux.

Il n'est pas douteux que Rimbaud ait recueilli l'héritage de Baudelaire avec la volonté d'aller plus loin. La leçon des *Correspondances* sera pour lui, non un usage paisible des synesthésies, mais « le dérèglement de tous les sens ». Le but du poète est « d'arriver à l'inconnu », d'être un voyant.

1. Voir bibliographie, p. 78.

S'il était un domaine privilégié pour l'exercice du don de voyance, c'étaient les profondeurs de l'inconscient et leur richesse insoupçonnée : c'est celui qu'explorèrent Lautréamont et les surréalistes. Atteindre l'inconnu en se libérant totalement des entraves de la raison, c'était une direction que Baudelaire n'avait pas expressément prévue et qu'il n'eût pas nécessairement approuvée. Mais peut-on nier qu'il en soit, pour une part, à l'origine ? A la suite de Rimbaud, les surréalistes concevront la poésie comme l'aventure absolue et proclameront qu'une telle quête exige une méthode : André Breton prescrivait à ses disciples des exercices appropriés, comme le jeûne, l'écriture automatique ou de longues promenades dans Paris à la recherche de l'insolite. Baudelaire n'avait-il pas affirmé que le poète devrait se soumettre à une morale particulière, rigoureusement adaptée à son but ?

Le poète est voué au malheur

Un tel choix ne peut être innocent. Il apparut clairement à Baudelaire comme incompatible avec une conception paisible de l'existence. Assurément l'idée n'était pas nouvelle, puisque la plupart des romantiques l'avaient accréditée.

Pour certains, elle resta assez théorique dans la mesure où de leur vivant leur œuvre connut le succès. D'autres la vécurent tragiquement : ainsi trouva-t-on Gérard de Nerval pendu à un réverbère.

Il appartint à Baudelaire de montrer que la malédiction subie par le poète, loin d'être un accident, était dans la logique même de son choix. Et dans son cas la pratique ne démentit point la théorie. *Les Fleurs du Mal* accréditèrent l'idée qu'on ne puisse concevoir « un type de beauté où il n'y ait du malheur ».

Rejetés par la société, et acceptant délibérément de se voir marginaliser, Verlaine et Rimbaud donnèrent du poète une image extérieurement proche du clochard. Ils furent le type même des « poètes maudits ». Sans choisir nécessairement cette forme de provocation, les surréalistes assumèrent la malédiction dans la mesure où la rupture avec l'ordre social était pour eux un choix fondamental.

Mal et modernité

L'idée dominante du XIXe siècle a été la confiance dans le progrès. De cette vision optimiste Victor Hugo est sans doute l'exemple le plus significatif : là même où il dénonce le malheur et l'injustice, l'auteur des *Misérables* proclame sa foi dans un avenir de lumière. Sur ce point, Baudelaire tourne délibérément le dos à son siècle. Et il le fait sans rejoindre pour autant les vieilles lunes réactionnaires. Loin de l'éloigner de la modernité, son attitude lui permet au contraire, à plus d'un titre, de l'assumer.

Sous la forme du spleen ou de l'ennui, Baudelaire a exprimé un mal métaphysique qui touche à la condition de l'homme et qui était promis à un grand avenir. Sous ce rapport *les Fleurs du Mal* nous apparaissent comme la version moderne de l'inquiétude pascalienne. Et la postérité de Baudelaire est immense : Dostoïevski et, plus près de nous, Camus et Sartre nous ont apporté leur vision d'une humanité tourmentée avec, pour toile de fond, un monde absurde.

Mais cet aspect significatif de la modernité ne se limite pas dans *les Fleurs du Mal* à sa forme métaphysique : elle apparaît aussi dans sa dimension sociale. Baudelaire a réellement découvert la solitude de l'homme au cœur de la ville. Faut-il nommer ici, parmi ses héritiers les plus inattendus, Dos Passos, Steinbeck, Fitzgerald et les romanciers américains particulièrement marqués par la crise des années trente ? Là encore, la postérité des *Fleurs du Mal* est innombrable dans l'ensemble de la littérature. Elle envahit même nos journaux.

Cette modernité que Baudelaire appelait de tous ses vœux, dans la forme et dans le fond, comment ne pas y souscrire, plus d'un siècle après ?

Bibliographie

ÉDITIONS CRITIQUES DES *FLEURS DU MAL*

Pour la qualité des annotations, nous recommandons les trois éditions suivantes :
Les Fleurs du Mal, éd. Crepet et Blin, Éd. Corti.
Œuvres complètes, éd. Le Dantec, revue par Claude Pichois, Éd. Gallimard, coll. de la Pléiade.
Les Fleurs du Mal, éd. Antoine Adam, Éd. Garnier.

OUVRAGES CRITIQUES

Situation des *Fleurs du Mal*

W.-T. Bandy et Claude Pichois, *Baudelaire devant ses contemporains,* Monaco, Éd. du Rocher, 1957.
Alfred-Édouard Carter, *Baudelaire et la critique française* (1868-1917), c'est-à-dire entre la mort du poète et l'entrée de l'œuvre dans le domaine public, Columbia, University of South Carolina Press, 1963.
Paul Valéry, *Situation de Baudelaire,* Conférence de 1924, dans *Variété II,* Éd. Gallimard, 1930.
Marcel Raymond, *De Baudelaire au surréalisme,* Éd. Corti, 1940.
Jean-Paul Sartre, *Baudelaire,* Éd. Gallimard, 1947.
Benjamin Walter, *Charles Baudelaire, un poète lyrique à l'apogée du capitalisme,* Éd. Payot, 1982.

Ouvrages généraux divers

Signalons d'abord trois livres d'initiation, d'accès très facile :
Pascal Pia, *Baudelaire par lui-même,* Éd. du Seuil, 1952 ; nombreuses rééditions.
Marcel A. Ruff, *Baudelaire, l'homme et l'œuvre,* Éd. Hatier, coll. Connaissance des lettres, 1957.
Clément Borgal, *Charles Baudelaire,* Éditions universitaires, coll. Classiques du XXe siècle, 1967 ;
avant de mentionner quelques travaux remarquables :
Georges Blin, *Baudelaire,* avec préface de Jacques Crépet, Éd. Gallimard, 1939.

Jean Pommier, *Dans les Chemins de Baudelaire*, Éd. Corti, 1945.
Henri Peyre, *Connaissance de Baudelaire*, Éd. Corti, 1951.
Jacques Crépet, *Propos sur Baudelaire*, Éd. Mercure de France, 1957.
Charles Mauron, *Le Dernier Baudelaire*, Éd. Corti, 1966.
Claude Pichois, *Baudelaire, études et témoignages*, Éd. La Baconnière, 1967 ;
en terminant par trois publications collectives :
Baudelaire, numéro spécial d'*Europe*, avril-mai 1967.
Baudelaire, Actes du colloque de Nice, Annales de la Faculté des Lettres de Nice, 2e et 3e trimestres 1968, Éd. Minard.
Regards sur Baudelaire, colloque de London (Canada), publié dans la revue *les Lettres modernes*, 1974.

Aspects biographiques

Claude Pichois, *Le Vrai Visage du Général Aupick*, Éd. Mercure de France, 1955.
François Porché, *Baudelaire et la Présidente*, Éd. Gallimard, 1959. Il s'agit de Madame Récamier, ainsi que dans :
Louis Mermaz, *Un amour de Baudelaire*, Éd. J'ai lu, 1985.

Aspects esthétiques

Jean Prévost, *Baudelaire, essai sur l'inspiration et la création poétiques*, Éd. Mercure de France, 1953.
Marcel A. Ruff, *L'Esprit du Mal et l'Esthétique baudelairienne*, Éd. Armand Colin, 1955.
Lloyd James Austin, *L'Univers poétique des « Fleurs du Mal »*, Éd. Mercure de France, 1956.
René Galand, *Baudelaire, poétique et poésie*, Éd. Nizet, 1969.

Pensée, mystique, religion

Ernest Raynaud, *Baudelaire et la religion du dandysme*, Éd. Mercure de France, 1918.
Jean Pommier, *La Mystique de Baudelaire*, Éd. Les belles lettres, 1932.

Albert Béguin, *L'Ame romantique et le Rêve*, Éd. Corti, 1939 et 1967. Sur les rapports entre Baudelaire et le romantisme allemand, et particulièrement le chap. XVIII, 3, pp. 376-381.

Jean Massin, *Baudelaire entre Dieu et Satan*, Éd. Julliard, 1945.

Paul Arnold, *Le Dieu de Baudelaire*, Éd. Savel, 1947.

Georges Blin, *Le Sadisme de Baudelaire*, Éd. Corti, 1947.

B. Fondane, *Baudelaire et l'expérience du gouffre*, Éd. Seghers, 1947.

Daniel Vouga, *Baudelaire et Joseph de Maistre*, Éd. Corti, 1957.

Les Fleurs du Mal et la nouvelle critique

Guy Michaud, *Baudelaire devant la nouvelle critique*, Actes du colloque de Nice, voir plus haut.

Pour la critique thématique :

Georges Poulet, *Les métamorphoses du cercle*, Éd. Plon, 1961, chap. XIV, ainsi qu'une intervention au colloque de Nice : *Baudelaire et la lumière autonome*, *op. cit.*, 1968.

Jean-Pierre Richard, *Poésie et profondeur*, Éd. du Seuil, 1955 et 1976 : un important chapitre sur la « profondeur de Baudelaire ».

Jean-Paul Weber, *Genèse de l'œuvre poétique*, Éd. Gallimard, coll. Idées, 1960, ch. 3, pp. 185-223.

Le point de vue structuraliste :

Roman Jakobson et Claude Lévi-Strauss, *Analyse structurale d'un poème de Baudelaire*, dans *L'homme*, tome II, n° I (1962). Il s'agit du poème des *Fleurs du Mal*, « Les chats ».

La méthode est expliquée et commentée par :

Georges Mounin, *Baudelaire devant une critique structurale*, Actes du colloque de Nice.

Psychocritique :

Charles Mauron, *Des métaphores obsédantes au mythe personnel*, Éd. Corti, 1962, chap. III et VIII et *passim*. Charles Mauron est en outre intervenu au colloque de Nice en présentant : *Premières recherches sur la structure inconsciente des « Fleurs du Mal »*.

Index des thèmes

Ces références renvoient aux seules pages du « Profil ».

Imprimé en France par MAURY-IMPRIMEUR S.A. – 45330 Malesherbes
Dépôt légal : 11637 – Février 1990 – N° d'impression : A90/29129